サファイア

新装版

湊 かなえ

ハルキ文庫

角川春樹事務所

〈目次〉

真珠

女の名前は林田万砂子《はやしだまさこ》。五十歳、主婦。

顔も体型もたぬきのようなおばさんに、わたしは呼び出されて、ここへやってきた。

「あなたにぜひ聞いてもらわなければならない話があるの。長くなりそうだけど、お時間は大丈夫？」

「今日は一日、林田さんのためにあけてあるので大丈夫ですよ」

「なら、安心だわ。平井篤志《ひらいあつし》さんでしたっけ。来て頂いたのがあなたのようなかたで本当によかったわ。人柄の良さがお顔ににじみ出ていますもの。おいくつかしら？　四十歳くらい？」

「いえ、三十三歳です」

「まあ、わたしったら、ごめんなさい。少しサバを読んだつもりでいたのに、どうしましょう」

「お気になさらずに。ふけ顔は昔からなので」

「そんな、お顔は関係ないわ。雰囲気が落ち着いてらっしゃるから、実際の年齢よりも上に見えるのよ。ご結婚はされているの？」

「はい、なんとか」

「当然よね。こんなに優しい笑顔を見せてくれる人ですもの、わたしがもっと若ければ一目会った瞬間に好きになるわ、きっと」

「はあ、それは恐縮です」

わたしはお世辞にももてるタイプとは言えないが、こんなたぬき顔のおばさんに褒められたところで嬉《うれ》しくはない。

「わたしみたいなおばさんに好きって言われても迷惑よね。でも、これでもわたし、十代の頃には、たくさんの男性に交際を申し込まれたことがあるのよ。両手で数え切れないくらい」

「そうですか」

「信じられない？　無理ないわね。こんなたぬきみたいなおばさんですもの。体型は昔から少しぽっちゃりめだったけど、顔はかわいかったのよ」

女に直接会うのは初めてだったが、昔の写真は二枚見たことがある。一つは職場、もう一つは結婚式で、いずれも女が二十代の頃に撮ったものだが、どちらもこの女であることが一目でわかる顔をしていた。

丸い顔に、腫《は》れぼったい二重まぶたのたれ目。かわいいと言える要素はどこにもない。強いて言えば、ニッコリと笑った口元か。

「子どもの頃は、近所の人たちから『りんごちゃん』って呼ばれていたのよ。おいしいお菓子があるから寄っていきなさいよ、って声をかけてくれるおばあさんもいたし、ママにクッキーを焼いてもらうから遊びにきて、って誘ってくれるお友だちもたくさんいたわ。『りんごちゃん』はかわいい、ってみんなが言ってくれたの」

キャラクター要素を持たせて、という意味ならかわいいと言われてもおかしくないかもしれない。丸顔に赤いほっぺで「りんごちゃん」だろう。

それに、子どもの頃というのは、丸顔に大きな目がついていれば誰でもかわいく見えるものだ。わたしも女ほどではないが、丸顔で目も大きい。将来、どんな美男子に成長するか楽しみだったのに、と母親が冗談交じりに嘆いていたほど、子どもの頃の写真はかわいらしく写っている。

女にかわいいと言われていた時期があったのは、確かなのだろう。

「でもね、そんなふうに誘われて、遊びに行ってもつまらないのよ。

わたしの家では、余所《よそ》のお宅で出されたものに手をつけてはいけないっていう厳しい決まり事があったの。もちろん、もらって帰ってもダメ。うちで禁止されているからって断りなさい、って母親から言われてたから、お菓子やジュースを出されると、そのままそう伝えたわ。そうなると相手も、わたしにだけ出さないで、余所の子には出すってわけにはいかなくなるでしょう。りんごちゃんと遊ぶとおやつが食べられないって、だんだんお友だちがわたしと遊びたがらなくなったわ。悲しかった。

母親もわたしがしょんぼりしていたことには気付いたみたい。学校から帰っても遊びに行かないわたしに、どうしたの？　って訊《き》いてくれたから、事情を話したの。きっと、わかってくれるって思ってたのに、そんな親の管理が行き届いてない子たちとは遊ばなくていい、なんて言われたの。

お菓子が買えない貧乏な家だったわけじゃないのよ。有名な子どもブランドの服をいつも着せてくれていたし、ピアノやお習字なんかの習い事もさせてもらっていたもの。

おやつも毎日食べていたわ。でも、それがなんともまずい野菜のケーキで。母親の手作りなんだけど、見た目はおいしそうなのに、お砂糖もはちみつも入ってないの。ただ、小麦粉とつぶした野菜をまぜただけ。だいたいが、にんじんとほうれん草だったわ。野菜じゃなくて果物《くだもの》、ううん、せめて栗《くり》やお芋にしてくれたらよかったのに。果物なんて糖分が高いからってそのままを食べさせてもらったこともなかったわ。りんごはポテトサラダに薄くスライスして入れたものしか食べたことがなかったのよ。

今でこそ、ロハスだかマクロビオティックだかって、甘味のない、イメージ的には体によさそうなおやつを子どもに食べさせるのがはやっているけど、情操教育的にはどうかと思うわ。だって、そんなまずいものを食べる時間が楽しみな子どもなんている？　おいしいお菓子は心を豊かにしてくれる。逆に、おいしいお菓子を知らない子どもは心が貧しくなっちゃうのよ。

もしも、あなたが『甘い』っていう感覚を知らなかったら、どう？」

女はわたしが甘いものに目がないことを知っているのだろうか。この体型を見れば察しがつくのかもしれないが。わたしの過去の記憶から「甘い」を削除すれば、どこかわびしいものになるだろう。女性との甘い関係とかそういう比喩《ひゆ》ではなく、味覚としての「甘い」のみを取り除いてもだ。

女の母親ほどではなかったが、わたしの母親も厳しかった。口が立つ人なので怒らせるとやっかいで、割合おとなしく言うことを聞いていたのだが、ある日、これだけは譲れないと反抗し、自室に籠城《ろうじょう》したことがある。

不思議なもので、そこまでしたというのに、何について反抗したかは、はっきりと思い出せない。多分、ため込んだマンガの付録だかカードだかを捨てろと言われたのだろうとは思うのだが、定かではない。はっきりと憶《おぼ》えているのは籠城してからのことだ。

夕飯もとらずに閉じこもっていたため、夜もふけるとさすがに腹が減ってきた。寝てごまかそうにも、空腹では眠れない。だが、空腹に負けてこちらから折れるのは悔しい。あめ玉の一つでもあればいいのにと、いらだたしい気持ちがさらに募ってくる。そこに、妹がやってきた。手には大福をのせた皿がある。父親が職場でときどきもらってくるもので、わたしはその大福に目がなかった。父親が持って行けと言ったのかと妹に訊《たず》ねると、そうではなかった。「夕飯も食べずに部屋に閉じこもっているヤツにはやらなくていい」と言う父親に、「こういうときこそ甘いものが必要なのよ。大好物だから持って行ってあげて」と母親が頼んでくれたらしい。

あ、そう、と何でもないように皿を受け取り、妹の前では手をつけなかったが、一人になると大福を口いっぱいに頬張《ほおば》った。空《す》きっ腹《ぱら》にやわらかいあんこの甘さが広がって、気が付くと涙を流していた。

「どうやら、素敵な甘い思い出があるようね」

女がわたしを見ている。

「うらやましいわ。でも、わたしもまったく『甘い』を知らないわけじゃないの。お菓子じゃなくて歯磨き粉。ムーンラビット、知ってるでしょ？」

「ええ」

「わたしが子どもの頃は、朝の連続ドラマで人気の出た子役がコマーシャルをしていたの。かわいくて利発そうな女の子。母親はその子が大好きで、あなたがもう少しやせたらそっくりなのに、ってよく言ってたわ。甘いおやつを与えてくれなかったのは、栄養管理のためっていうのは建前で、本音はわたしにやせて欲しかっただけかもしれない。

それまではお塩で歯を磨いていたのに、コマーシャルを見て、わたしにその歯磨き粉を買ってくれたの。『男の子はメロン味、女の子はイチゴ味』って歌ってたから、イチゴ味よ。わたしイチゴを食べたことなかったの。

キャップを開けると、鼻先で甘い香りが漂って、ドキドキしたわ。たっぷりと歯ブラシに載せて、口に入れたときのあの感動！　あなたわかる？　そのまま飲み込んでしまいたかったくらい。口の中にイチゴ味を全部染みこませてしまうくらい歯を磨き続けたわ。それからは、朝も昼も晩も歯を磨いた。おやつのあとも、っていうより、まずい野菜ケーキのあとの歯磨きの方が、本当のおやつの時間だった。おかげで歯医者にはまったく縁のない人生を送ることができたの」

そう言って微笑《ほほえ》む女の口元からちらりと白い前歯がのぞいた。だが、女はさりげなく両手で口元を覆い、歯は隠れてしまう。それがどこか名残惜しい。芸能人のように白く整った歯を見てくれといわんばかりの笑い方よりも、さわやかで、なんとなく、かわいらしくも感じる。

「初めてキスをしたときも、イチゴ味がするって言われたわ」

たぬきおばさんを、一瞬、かわいらしいと思ってしまったことを後悔する。キスという言葉がこの女の口から出てくると、やはり気持ち悪い。だが、ここに呼ばれて来たからには、キスのエピソードを聞かないわけにはいかないのだろう。

「中学二年生のバレンタインの日よ。

バレンタインデーっていうイベントがあることは知っていたけど、それまで一度も参加したことはなかったわ。わたしが小学生の頃は今ほど盛り上がっていなかったし、チョコレートは大人《おとな》になって好きな人ができたときにあげるものだと思ってたから、あまり興味もなかったの。お友だちの中には、お母さんと一緒にチョコレートケーキを作るっていう子がいて、それは少しうらやましいとは思ったけど、うちの母親に同じことを提案しようって気にはならなかった。

でもね、好きな人ができるなんて何年も先のことだと思ってたのに、中学生になると、なんだか、それまでずっと一緒に机を並べてきたはな垂れ小僧たちが、急に男の子に見えてきたのよ。あれって、不思議よね。どうしてかしら。

小学生の頃なんて、六年生でも男女同じ教室で体操服に着替えていたのよ。それが当たり前だと思ってたし、恥ずかしいとも思わなかったわ。なのに、中学生になった途端、隣の席の男の子と机同士がひっついているだけで、ドキドキするんだから」

「そういえば、わたしたちの頃も、小学生のときは机をきれいにくっつけていたのに、中学生になると、わざと少し離していました」

「でしょう? あと、ノート。わたしは真面目《まじめ》だったから宿題を忘れたことはなかったし、字がわりときれいだったこともあって、よくノートを見せてほしいって言われていたの。そのときも、女の子なら何とも思わないのに、わたしのノートを男の子が必死に書き写しているのを見ると、なんだか秘密の日記帳を見られているように、胸の奥をきゅっとつかまれるような気分になったわ。国語の感想文とかそういうのじゃなくて、数学の計算問題なのに。

特に、同じクラスの……Aくんにしておくわ、ご本人の名誉のために……Aくんはほとんど毎日、わたしにノートを借りにきていたの。わたしはそのたびにAくんのことが気になって、気になって。ねえ、あなたにもそういうことない？」

そう訊かれる前から、わたしの頭の中には一人の女の子が浮かんでいた。中学三年生のときのクラスメイトだ。

田舎《いなか》の公立中学校に通っていたわたしは、クラスの中ではわりあい勉強のできる方だった。予習まではしなかったが、宿題を忘れたことは一度もなかった。字はあまりきれいではないが、女のように、クラスメイトから宿題を見せてくれと言われることはしょっちゅうあった。残念ながら、ほとんどそれは男からだったが、あるとき、近くの席になった女の子がわたしに宿題を見せてほしいと言ってきた。彼女は宿題をまったくしてきていないのではなく、わからなかった最後の問題だけをあけていたので、ノートを貸したのはほんの数分にも満たないあいだだった。だが、それ以降、彼女はわからない問題があるとわたしに訊ねてくるようになった。

わたしに言われたくないだろうが、彼女はあまりかわいらしい顔ではなかった。胸が大きいとか、足がすらっと長いとか、そういう特徴もない普通の子だった。だが、真剣な表情で、顔を寄せるようにノートをのぞきこまれると、ドキドキしたたし、「こんな問題が解けるってすごい」と感心するように言われると、背中のあたりがこそばゆくなるような何とも言えない気持ちになった。毎日、もっと難しい宿題が出ればいいのにと思った。

とはいえ、彼女と離れているときは、まったくときめかないのだ。体育の時間なども、スタイルのいいかわいい子に自然に目がいった。距離の問題か。手を伸ばせば届くところにいるからドキドキするのか。そんなふうにも考えたが、隣の席の女の子のことは何とも思わない。

それを意識したのは、何度目にノートを見せたときだろう。彼女の髪からかすかに甘い香りが漂っていることを。香水のようにプンプンと匂《にお》うのではなく、意識しなければ気付かない香り。だが、一度気付くと、いつまでもそれを嗅《か》いでいたいような心地よい香り。彼女がくるたび、無意識のうちにわたしはこの香りにうっとりしていたのだ。甘い香りはそのイメージ通りに、わたしの目に彼女の姿を映し、やがて、香りはわたしの脳裏に焼き付き、彼女が遠くにいてもその姿を目で追うようになった。

ある日の放課後、わたしは彼女と図書室で一緒に宿題をすることになった。わたしにとってはデートのような気分だった。そんな勘違いも相まって、数学の問題を彼女に説明しながら必要以上に顔を近づけてしまっていたようだ。彼女が「なるほど」と顔をあげた瞬間わたしの唇が彼女の頬にふれた。わたしも彼女もお互いはじかれるように離れ、俯《うつむ》いた。キスといえるようなものではない。そこに、「キャー」と奇声が上がった。

タイミングが悪かった。同じクラスの口うるさい女子が数人、ちょうどその瞬間を目撃していたのだ。「平井、キスしたよね。気持ち悪い」と言われ、わたしは固まりつき、彼女の方を見ることもできなかった。すると、彼女がいきなり立ち上がり、走って図書室を出ていった。「あーあ、泣かしちゃった、かわいそう」という声で彼女が泣いていたことを知った。

翌日から学年中に、わたしが彼女に無理やりキスをしたという噂《うわさ》が広がり、それ以来、彼女がわたしのところにくることはなくなった。

「充分、ものおもいにふけりました？」

「え？　ああ。申し訳ございません」

「いいのよ。でも、あなたも頭の中で思っていることを話してくれるといいのに。きっとわたしからアドバイスできることがあるはずよ。それとも、思い出の中におばさんは入ってきて欲しくないのかしら。とりあえず、わたしの話を続けてもいい？」

「すみません、どうぞ」

「わたしはね、中学生になってもムーンラビットイチゴ味を使っていたの。母親はいつまでそんなものを使っているんだって文句を言ったけど、甘い食べ物の規制が解除されないのだから仕方がないわ。子ども用の歯磨き粉の方がフッ素が多く入っているからとか、それっぽいことを言ってごまかしてた。わたしには虫歯がなかったから、母親もそれ以上のことは言わなかったわ。

ノートを毎日借りにくるAくんに、わたしはバレンタインのチョコレートをあげたくなった。外でこっそりお菓子を食べないように、お小遣いはあまり持たせてもらえなかったから、たいしたのを買えないなってがっかりしていると、お友だちに学校の調理室を借りて一緒にチョコを作ろうって誘われたの。みんなで作ると材料代も安いからって。

家庭科の先生に教えてもらって、チョコレートクッキーを作ったんだけど、楽しかったわ。小麦粉と卵とバターとココアパウダーとたっぷりのお砂糖をこねて、ハート型で抜いて、チョコチップで飾りをつけて、オーブンに入れる。クッキーが焼けるにつれて、甘い香りが漂ってきて、ドキドキした。

お菓子はある意味あこがれのものではあったけど、それを作ることがこんなに楽しいだなんて思ってもいなかった。一枚だけ味見をしたわ。初めての甘いお菓子よ。おいしかったけど、わたしにはイチゴ味の歯磨き粉で充分。それよりも彼に食べてもらいたかった。かわいい袋に入れて、かばんの底に忍ばせて。でも、それから先をどうすればいいのかわからなかったの。

そうしたら、彼がその日もノートを貸して欲しいって。それも、放課後まで借りていていいかって。あなた、わかる？　そのときのわたしの気持ち」

女は頬を赤らめながら、上目遣いにわたしを見た。女にとっては約三十五年も前の出来事のはずなのに、昨日あったことを、仲のいい女友だちに話しているかのようだ。だが、先ほどのように、気持ち悪いとは不思議と思わない。「それで、それで？」と促してやってもいいような気分だ。しかし、わたしは仕事としてここに来ているのだ。女はこんな話をするためにわたしを呼んだのではないはずだ。早く本題に入るためにも、ここはニッコリと笑っておくだけにしよう。

「放課後、誰もいない教室で彼にノートを返してもらって、わたしはそのお返しにってかんじでチョコレートクッキーを渡したの。ノートを貸してあげたのはこっちなのに、なんて理屈はどうでもいいのよ。そうしたら、彼、ありがとう、って言って、そのままわたしにキスしたの。唇どうしがちょこっと触れ合う程度のものだったけど、もう心臓にドキュンって穴があいたような気分。でね、彼が言ったの。あ、イチゴ味だ、って。その後、彼とデートをするようなことはなかったけど、中学を卒業するまで、キスは何度もしたわ。

不思議なものでね、そんなことをしていると、内向的だった性格がどんどん外向的になっていくの。お友だちも増えたし、たくさんの男の子から告白されたし、クラスの委員にも選ばれたし、積極的になったわ。Aくんとは高校は別々になったから、自然に別れちゃったけど、新しい恋人はすぐにできた。その人にも、イチゴの香りがする、って褒められたの。

もうすべて、ムーンラビットイチゴ味のおかげよ」

女は「ムーンラビットイチゴ味」に力を込めて言ったが、彼女に好意を寄せた男がみんな子ども用歯磨き粉の匂いが好きなわけではなかっただろう。距離の取り方だ。最初の男にイチゴの香りを褒められたと思い込んでいる彼女は、男に近づく際、自然にその香りが届く距離まで近寄るようになったのだろう。こんなたぬき顔でも、至近距離まで近寄られ、真っ白な前歯をちらりと見せながらはにかむような笑顔を見せられると、錯覚を起こす男もいるに違いない。そのおまけとして、どこか懐《なつ》かしい甘ったるいイチゴの香りが漂うのだ。わたしなら、危ないかもしれない。

「ムーンラビットイチゴ味に対するわたしの気持ち、わかってくれたかしら。ムーンラビットイチゴ味はわたしの人生を変えてくれたのよ。うーんと素敵なものにね」

「はい。お気持ちは充分わかりますが、林田さんの人生を変えられたのは、やはり林田さんご自身のお力ではないでしょうか」

この顔でもてていたと言い切れる、この自信。なかなか持てるものではない。

「ダメね、全然わかってないわ。これじゃあ、その辺にいる人たちと一緒。わざわざ、あなたに来てもらった意味がないじゃない。でも、こんなエピソードでわかってもらえるなんてわたしだって思ってないわ。ここからよ」

女はきゅっと表情を引き締めた。それにつられてわたしの背筋も伸びる。

「わたしはね、人生をあきらめていたの。母親に管理をされる生活から逃れたいとは思いながらも、一人で生活していける自信はなかった。きつく縛り付けられていると、窮屈なことよりも解放されることの方が怖くなるのよ。

　でもね、外に出ても大丈夫じゃないかって気がだんだんしてきたの。夢や目標を持ってみようって。それで、バレンタインにクッキーを作ったときの感動が忘れられなくて、洋菓子職人になりたいって思ったの。今はパティシエっていうんでしょうけど、あの頃はそんな言葉知らなかったわ。でも、母親に言うときっと反対される。だから、栄養士になる勉強をしたいって言ったの。当たらずも遠からず、でしょ？　そうしたら、ものすごく喜んでくれて。お母さんのやり方は間違っていなかったのね、なんて涙を流しながら言ってたわ。栄養士コースのある、県外の短大に行かせてもらえることになったの。

　そこで、運命の出会いがあった。取り持ってくれたのは、やっぱりムーンラビットイチゴ味よ。くどいって思われるかもしれないけど、そういうのってあなた、信じる？」

「はい。香りが取り持つ縁というのはわたしにも覚えがありますから」

「もったいぶらないで、具体的に教えてよ」

「いえ、そんなたいそうなことではありません。初恋の女の子のシャンプーの香りが忘れられなかったというだけで。気持ち悪いですよね、そういうの」

「とんでもないわ。今、わたし、ものすごく感動してる。ねえ、そのシャンプーって、もしかしてムーンスター製の？」

「恥ずかしながら、お察しの通りで」

「何かしら。わたし、歯磨き粉以外でも、ムーンスター製のものはよく使っていたのよ」

「ありがとうございます。『マイルドフラワー』です」

「ああ、素敵。やっぱりあなたに来て頂いて大正解だわ。あなたならきっと、わたしのこれから話すことを理解してくれるはず。そして、わたしの願いも叶《かな》えてくれるはずよ。本当に、たった一人の理解者に出会えたような気分」

女は白い前歯をちらりと輝かせながらそう言うと、両手を胸の前で組み合わせ、わたしをうっとりと見上げた。わたしは教会に行ったことはないが、罪人の懺悔《ざんげ》を聞く神父とはこういった心境なのだろうか。

「短大では寮に入ったの。一人暮らしは不安でしょ。しかも、狭いけど個室だったからプライベートも確保されていたの。洗面所やお風呂《ふろ》は共同よ。

そこで、彼女……名前はM子にしておくわ……M子に出会ったの。

洗面所で歯を磨こうとしたら、隣に立っていた女の子に『え、あなたもそれ？』って声をかけられた。見ると、彼女も同じ歯磨き粉、ムーンラビットイチゴ味を持っていたのよ。

やっぱ、ダイエットのため？　って訊かれた。M子もわたしと同じくらいのぽっちゃり体型だったの。でも、嫌味のない言い方で、ダイエットなんて言われてもまったく腹が立たなかった。そうじゃないわ、って言うのも角が立つと思ったから、おやつ代わりよ、って答えたの。同じだ！　ってM子嬉しそうだった。わたしたち気が合いそうね、って。

M子は歯磨き粉の香りで空腹をごまかしてるんだって言ってた。お腹《なか》がすくたびに歯を磨くんですって。そうすると、香りで満腹中枢が刺激されるみたい。一日五回は磨いてるって、虫歯一つない真っ白な歯を見せてくれたわ。

でも、M子は歯磨き粉のメーカーや種類にはあまりこだわりがなくて、いろいろなものをそのときの気分に応じて使い分けていたの。わたしがムーンラビットイチゴ味オンリーだって言うと、よく飽きないわねって驚いてたわ。M子に勧められて他社の子ども用歯磨き粉も試してみたけど、どうやらわたしはムーンラビットイチゴ味じゃないとダメみたい、ってことがわかったの。ムーンラビットメロン味も試してみたけど、ぜんぜん気分が満たされなかった。

わたしにとってのムーンラビットイチゴ味は、すでに、甘味のないおやつの代わりというレベルではなくなっていたのよ。こんな場所でよくない言い方だけど、麻薬みたいなものね。ムーンラビットイチゴ味中毒、なんて。うふふ。

でも、たとえM子が別のものも愛用していても、あの日、隣同士で立ったとき、同じものを使っていたのだから、やっぱり引き合わせてくれたのは、ムーンラビットイチゴ味なのよ。

で、あなたの場合はどうなの？」

「わたしの、何がですか？」

「シャンプーよ。ムーンスターの『マイルドフラワー』っていっても三種類くらいあったじゃない」

「さらさらヘア用、すずらんの香りです」

たかだかシャンプーの銘柄を言っているだけなのに、口に出すのが妙に恥ずかしい。もしも、別の人に同じことを訊かれていたら、答えられなかったのではないだろうか。しかし、この女だってほんの数時間前に初めて会ったばかりだ。それなのに、こんなふうに思うのはなぜなのか。

「いいわね、あの香り。わたしも好きだったわ」

女がわたしの言うことを笑い飛ばさないだろうということが予想できたからだ。

わたしの妻もそうだ。会社での失敗談や愚痴をこぼしても、「は、そんなこと」とか「バカじゃないの？」とか他の同僚が当然のように妻から言われているような暴言を返されたことは一度もない。「そうなの？」「大変ね」「わかるわ」そんなふうにいつもわたしに寄り添った返事があることを、近頃は当然のように受け止め、ありがたいとも思わなくなっていた。今日、ここへ来ることが貧乏くじを引かされたかのように憂鬱《ゆううつ》だったことも、その証拠だろう。以前のわたしなら、自分から立候補していたはずだ。

なんであのたぬきおばさんに俺が会わなきゃならないんだ。そうぼやきながらやってきたのに、そのたぬきおばさんに昔の気持ちを思い出させてもらっているとは。

「それであなた、すずらんの香りの初恋の相手とはどうなったの？」

「結婚しました」

「まあ、まあ、まあ、何てことでしょう！」

キス騒動のあと、彼女とはまったく口を利かずろくに目も合わさないまま、中学を卒業した。悲しいというよりは、これで彼女のことを考えずにすむと、高校が別々になったことに感謝したくらいだ。だが、あれ以来、わたしは女性に近付けなくなっていた。もちろん恋人などできるはずもない。大学に進学してもそれは変わらなかった。合コンに無理やり連れていかれたこともあったが、隣の席の女性が少しこちらに身を寄せると、その倍離れ、皆にあきれられる始末だった。

彼女なんて一生できないし、結婚なんて来世でもできないだろう。そんなふうに人生をあきらめかけていたときだ。地元の町で行われた成人式の式典で、彼女に再会したのは。

化粧のせいなのか、都会の短大に進学してあか抜けたのか、五年ぶりの彼女は、最初、誰なのかわからなかったくらい、遠目で見てもかわいかった。もしも、話すことができたら、あのときのことを謝ろうと思っていたが、別人のようになった彼女には、近寄ることすら許されないような雰囲気が漂っていた。

だが、幸運にもチャンスが訪れた。名字のアイウエオ順で分けられた立食パーティーのテーブルが彼女と一緒だったのだ。同じテーブルの同級生たちと入れ替わりで近況報告などをしているうちに、隣に彼女が立っていた。しかし、声をかけることができない。そこに、一瞬懐かしい香りが漂った。彼女のシャンプーの香りだった。あの頃とすべてが変わったわけじゃない。香りがわたしの背中を押してくれた。

——あの、元気？

やっと口から出た言葉はそれだけ。だが、それは未来へと続く、重要な第一声だった。

「あらあら、またご自分の世界に入られてる。奥様とのことを思い出していらっしゃったの？　でも、わたしも今、とても感動しているの。同じムーンスター製品が運命を大きく左右した仲間が見つかったんだもの。わたしの話を続けてもいいかしら」

「申し訳ございません。どうぞ」

「M子とわたし、ものすごく仲良くなったわ。子ども用歯磨き粉を使ってるっていう以外にも共通点がたくさんあったの。

まずは、ぽっちゃり体型でしょ、あと身長も同じくらいだったから、よく洋服の貸し借りをしたわ。わたしは母親が洋服を作って送ってくれていたんだけど、野菜ケーキと同様、味も素っ気もない地味なものばかりだった。でもM子はそれを気に入ってたの。良家のお嬢様みたいって。自分の服みたいによく着ていたわ。でも、今思うと、彼女はご両親を早くに亡くして、高校を卒業するまで施設で過ごしてきたから、母親の手作りっていうのに憧《あこが》れていたのかもしれない。まあ、わたしにとっても、少しお金持ちの人とデートするには、いい服だったわ。

それからね、星座と血液型も一緒だったの。すごいでしょ。だから気が合ったのよ。占いが載った雑誌を読みながら、今日はついてる日、ラッキーアイテムは『お香』なんて書いてあると、一緒に買いに行って部屋で焚《た》いてみたり、『真珠のイヤリング』なんて書いてあると、わたしが親にもらったのをお互いの耳に一つずつつけてみたり。楽しかったわ。

夢も同じ、洋菓子職人。

きっと前世は同一人物だったんじゃないかって二人でよく言い合ってた。寮の子たちみんなから、あなたたちって後ろから見ると双子みたい、って言われたわ。後ろからっていうのがポイントよ。

顔はね、こういっちゃなんだけど、わたしの方がうんとかわいかったの」

失礼ながらわたしはM子に同情した。好感は湧《わ》いてきたとはいえ、目の前の女がお世辞にも美しいとはいえないたぬきおばさんであることには変わりない。職場で撮ったという写真もたぬきだった。それの四、五年ほど前の話だろうに、たぬきの方がうんとかわいかったとは、M子はいったいどんな顔をしていたのだ。

わたしはM子のことが気になった。恋人はいたのだろうか、結婚はできたのだろうか。

「M子さんは今どうされているんですか？」

女の顔が曇った。

「M子は亡くなったの」

「……それは、申し訳ございません」

「いいのよ。話すつもりだったから。寮の卒業パーティーの晩に火事があったの。深夜、みんなが寝入ってたときで、お酒を飲んでつぶれていた子もいて、三人亡くなったわ。そのうちの一人がM子よ。彼女の部屋から火が出たの。お香を焚いたまま寝たのが原因だって。彼女は基本的に香り好きだったのね。ラッキーアイテムで買って以来、寝るときによく焚いていたわ。火事になったら危ないって何度も注意したのに」

「そうですか。大切なお友だちを亡くされて、つらかったでしょう」

「それはもう。自分が半分消えたようだったわ。悲しくて、どうしようもなくて、M子に出会ったときのことを思い出しながら歯を磨いたの。ムーンラビットイチゴ味で。そうすると、心が落ち着いた。ううん、そうしなければ心を落ち着かせることができなかった。M子が亡くなって三十年、わたしは毎日ムーンラビットイチゴ味で歯を磨いてきた。

洋菓子店に就職して、思っていたより大変な仕事で、何度も弱音を吐きそうになったけど、歯を磨くとがんばれたわ。もう二十五年近く前のことだけど、わたしの創作したケーキがテレビで紹介されたこともあるのよ。テレビの力って偉大ね。

いちじくを使ったものだったんだけど、店頭に並んだ当初はあまり売れなかったの。子ども連れのお客様が多い店だったから、見た目がグロテスクなのがマイナスだったのでしょうね。発売から一週間で生産中止が決まったわ。わたしとしては、就職五年目にして初めて自分の企画が通った商品だったから、とてもショックだった。

そんなとき、地方の情報番組のグルメコーナーで、うちの店が取りあげられることになったの。テーブルの上に二十種類近く並べられた中の一番端に、わたしのケーキもとりあえずってかんじで置かれていたわ。でもね、リポーターが一番最初に手を伸ばしたのがわたしのケーキだったの。若くてかわいらしい女の子が『わあこれ、いちじくですか? 懐かしい。子どもの頃、おばあちゃんちでよく食べてました。ケーキになるとどんな味がするんだろう』なんていじらしいこと言ってくれるのよ。で、パクッと食べたら、『おばあちゃん……』なんて涙を流してるの。これが放送されたときは、郷愁をそそる音楽まで流れて、もう問い合わせ殺到よ。店の看板商品になって製造が追いつかなくなるくらい。年度末には表彰もされたわ」

わたしが見たのは、そのときの写真だ。白いパティシエの服を着て、両手で賞状を広げて持ち、満面に笑みをたたえている写真。

「ところで、あなたのお宅では今、シャンプーは何を使ってらっしゃるの?」

話題を急に変えられた。

「『シルク』です」

「W&B製ね。自社製品だから仕方ないかもしれないけど、それでいいの？『マイルドフラワー』じゃなくても」

「そりゃあ、『マイルドフラワー』があれば絶対にそちらにしますが、なくなったものは仕方がありません。それに『シルク』も悪い製品じゃありません。品質的には断然『シルク』の方が上です。妻にとっても、わたしのノスタルジーにつき合って、安物のシャンプーを使い続けさせられるよりも、こちらの方がよかったかもしれない」

「ノスタルジー、か。そうね。幸せを手に入れたあとじゃ、思い出の品がなくなろうと関係ないのよね」

「林田さんもご結婚されていますよね。よそで聞いたことをご本人の前で言うのも失礼ですが、とても仲のいいご夫婦だとか」

「ええ、主人はとても優しいわ。職場の人の紹介で知り合ったんだけど、こんなわたしをかわいいって言ってくれて、翌月には籍を入れたわ」

「ご主人との縁は、ムーンラビットが取り結んだわけじゃないんですね？」

「いいえ、そうよ。真珠のような前歯だ、って。甘くていい香りがする口元がチャーミングだ、って。たった一つのわたしの取り柄をうんと褒めてくれたんだもの。わたしみたいなたぬき女が結婚できたのは、ムーンラビットイチゴ味のおかげよ」

「幸せ、でしたか？」

「ええ、もちろん。息子が生まれて、彼も小学校を卒業するまで、ムーンラビットを使っていたわ。男の子だからメロン味にすれば？　って言ったのに、お母さんと同じイチゴ味がいい、って。かわいいこと言ってくれるでしょ。きれいな顔をしているうえに、虫歯なんて一本もない真っ白な歯をしているものだから、王子様なんて呼ばれて、女の子によくもてていたのよ」

ダンナの顔は見たことがある。夫婦は顔が似てくるというが、それを実証しているかのように、人の良さそうなたぬき顔をしていた。たぬき夫婦から生まれてくるきれいな顔の王子様というのは想像しがたい。そもそも、この女のきれいやかわいいの基準がわからない。

「息子さんは、今は」

「仕事で外国に行ってるわ。大きな会社に入って、営業の仕事をしているの。面接のときの印象がとてもよかったって褒められたのは、歯磨きの習慣をちゃんとつけてくれた母さんのおかげかな、なんて言ってくれたのよ」

だとしたら、大変な状況に陥っているのではないか。優しいダンナとよくできた息子がいるにもかかわらず、女はなぜ、あんなことをしたのだろう。

「林田さんこそ、ムーンラビットがなくなっても、もう充分お幸せだったんじゃないですか？」

「ダメよ」

女の顔から笑みが消えた。

「ムーンラビットイチゴ味がなくなるなんて、あってはならないことなの。わたしの人生をこんなにも大きく変えてくれたんですもの。この先、平均寿命まで生きられるとして、あとまだ三十年もあるのよ。それをムーンラビットイチゴ味なしでやっていかなきゃならないなんて、そんなの無理よ。

きっと、多かれ少なかれ、わたしと同じ思いを抱えている人はたくさんいるはずよ。現にあなただってその一人じゃない。ただ、残念なことだけど、多くの人たちはムーンスター製品がどんなにすばらしいものだったのかわかっていない。だから、CMばかりにお金をかけた他社の製品に安易に飛びついてしまったのよ。本当の良さを知らないだけなのよ。知れば必ずみんな、ムーンスター製品をほしがるはずだわ」

わたしの頭にいちじくのケーキが浮かんだ。

「わたしがもし芸能人だったら、至る所でムーンラビットイチゴ味、ううん、ムーンスター製品全般がどんなにすばらしいものかをアピールすることができる。とびきりの笑顔を振りまいたり、涙を流したり、歌をうたってもいい。でも、わたしなんてただのおばさん。それ以前に、テレビに出ることができないわ。せいぜい街頭インタビュー。そこで精一杯しゃべっても、誰がわたしになんて注目してくれる?」

「もしかして、それであなたは火をつけたのですか？」

女は黙って頷《うなず》いた。

林田万砂子は連続放火事件の容疑者として、先月逮捕された。

先月、××市で小中学、五校の体育館が放火されるという事件が起こった。深夜だったため、幸い、死者やけが人は出なかったが、一晩で五件という規模の大きさから、全国ニュースで大々的に取りあげられた。場所が学校ということから、教育への不信感だの、学校に巣くう病理だのと、専門家がこ難しい議論をしながら犯人像や動機を予測していた。イジメを受けた子ども、学歴格差により挫折《ざせつ》した青年、愉快犯、逆恨み説、テロ組織説まで出ていたところに、夫に付き添われて自首したのが、たぬき顔のおばさんだ。見知らぬ町での事件だと、このニュースにあまり興味を持っていなかったわたしでさえ、テレビ画面に映るたぬき顔の女の写真に拍子抜けし、逆に興味を持った。

職場でも、この話題で持ちきりだった。

――ありゃ、放火しそうな顔だよ。

――子どもがイジメにあって、腹いせに放火したんじゃないか？

――案外、学生時代にもてなかったことへの腹いせかもしれないぜ。

――なるほど、確かにその程度のことで放火しそうな、性悪顔だ。

そんなことを、株式会社Ｗ＆Ｂの面々はおもしろそうに言っていた。

ところが、数日後、テレビに林田万砂子の夫が登場した。林田万砂子が半年前にいきなり情緒不安定に陥り、日毎《ひごと》に症状が重くなっていったことを、カメラの前で切々と訴えていた。自宅の玄関前で土下座し、「妻は病気だったのです。どうか、お許しください」と涙を流す映像が何度流れただろう。夫が言ったことは事実らしく、林田万砂子が通っていた心療内科もテレビ画面に映し出されていた。

心神喪失による放火説とともに、一部では、妄想説もあげられた。

更年期障害で情緒不安定になっている主婦がテレビで放火事件を知り、現場がたまたま自宅付近だったことから、自分が無意識のうちに放火してしまったと錯覚を起こしているのではないか。林田万砂子は学生時代に寮で火災に遭っており、そのときの記憶が火災現場の映像を見たことにより引き起こされ、混同してしまった可能性もある、と。

——どう見ても普通のおばさんが、あんな大それたことできるわけないよな。

職場の声はこんなふうに変化した。

しかし、さらに数日後、事件当夜、現場付近で林田万砂子を見かけたという多くの証言があり、妄想説は自然と打ち消されるかたちになった。

——ありゃ相当のたぬき女だ。化けの皮を引きはがせ。

職場の室長が意気揚々と言った横で、電話が鳴った。

林田万砂子が拘置されている警察署からだった。

そして今、わたしの目の前、透明な仕切りの向こうに、林田万砂子がいる。

「誤解しないで、平井さん。わたしはね、自分のことばかりを考えてるわけじゃない。ムーンスターに心から感謝しているの。だから、恩返しをしたいのよ」

恩返し。女の発したその言葉が、わたしの中にある同じ言葉に火をつけた。

――あの、元気？

成人式で再会し、どうにかこうにか一声かけることができたわたしに、彼女は明るく笑いかけてくれた。

――久しぶり、××大学に行ってるんでしょ？　こっちにはいつまでいるの？　串揚《くしあ》げがおいしいけどもう食べた？　ビール入れようか？　変なの、みんな全然変わってないのに、お酒飲んだり、タバコ吸ったり、ねえ。

わたしに五年前のことを謝る隙《すき》を与えずに、彼女はしゃべり続けた。

振り袖を着て、少し濃いめの化粧をして、髪の毛をアップにジェルだかムースだかでガチガチにかためているけれど、漂ってくるのはあのシャンプーの香りだった。あの日の、まだ事件の起こる前の図書室に逆戻りした気分になり、わたしは今度二人でどこかで会えないかと彼女に訊いた。彼女ははにかむように微笑んだ。

二人で会った日、わたしはまずあの日のことを謝るつもりでいたのだが、先に謝ったのは彼女の方だった。

——泣いて逃げ出しちゃったりしてごめんなさい。そんなことをしたから、嫌われて、その後無視されるようになってしまったのよね。そんなことになるのなら、ちゃんと好きって告白して、振られた方がマシだった……ってずっと後悔してたの。

わたしは言葉を失った。まさか、あの頃、彼女がわたしに好意を寄せてくれていたなど思ってもいなかった。

——何で、僕なんか。全然かっこよくないのに。

——わたしも全然かわいくなかったでしょ。それがものすごくコンプレックスだったけど、平井くんは他のかわいい子たちと同じように、ううん、それ以上にわたしに優しく接してくれたじゃない。だから好きだったの。だけど、あんなことになっちゃって。高校生のあいだもずっと引きずってた。でも、今日ちゃんと言えてよかった。これで、吹っ切れる。

——吹っ切れるって、もう別の相手がいるの？

——いないけど、平井くん、イヤでしょ。整形女なんて。

——整形、だったんだ。

——平井くん以外、優しくしてくれる人がいなかったし、短大のためにこの町を出たのを機に、ちょこっと顔をいじってみたの。目と鼻筋。おかげでいろんな人に声をかけてもらえるようになったけど、なんか虚しい。平井くんとまたこうして会えるなら、余計なことしなきゃよかった。

——整形なんて……。

まったく気にならないわけではなかった。けれど、目の前にいる彼女は昔よりきれいになっていて、わたしに好意を寄せてくれている。何よりも、一番好きだったところは変わっていない。同じ香りのままの彼女に、わたしの方からきちんと申し込むべきではないのか。

わたしは彼女に交際を申し込み、同じ日の夜中、彼女の使っているシャンプーの銘柄を訊ねた。

——ムーンスターの「マイルドフラワー」よ。さらさらヘア用。安物で恥ずかしいんだけど、わたしの髪には一番合ってるみたい。

それからのわたしの毎日は、怖《おそ》ろしく充実したものだった。目に映る景色が十倍鮮やかになったといっても、過言ではない。それもこれも、ムーンスター「マイルドフラワー」のおかげだ。

就職活動が始まり、わたしは第一志望を「株式会社ムーンスター」に決めた。

——トイレタリー製品は決して、ただの消耗《しょうもう》品ではありません。個々の日常生活に密着し、個性を確立するのに大きな役割を果たしているのです。わたしは御社の製品により、すばらしい理解者を得ることができました。採用していただけたら、一生懸命働きます。

ぜひ、御社に恩返しをさせてください。

内定通知が届いたときは、熱い感謝の気持ちをくみ取ってもらえたことに涙した。営業職採用だったため、「マイルドフラワー」の良さを一人でも多くの人に伝えるのだ、と意気込んで入社式に臨んだ。しかし、配属されたのは、お客様相談室だった。来る日も来る日もクレームの対応ばかり。しかも、わたしのところへくるのは、コールセンターの職員では対応しきれないやっかいなものばかりだった。一方的にケチをつけられ、おまえはもう二度とうちの商品を使うな、と何度も喉元《のどもと》まででかかった言葉を飲み込めたのは、彼女のおかげだ。入社二年目の春に結婚をした。彼女との生活を得ることができた恩返しをしているのだと思えば、客のどんな理不尽なクレームにも耳を傾けることができた。客の話をしっかりと聞いたうえで、ムーンスターの商品を今後ともよろしくというアピールも忘れず、入社八年目でお客様相談室の室長になった。

順風満帆《じゅんぷうまんぱん》……のはずだった。が、株式会社ムーンスターは不況の波に飲まれ、経営破綻《はたん》し、外資系のトイレタリー製品会社、株式会社W&Bに吸収された。半年前のことだ。

W&Bの社員になっても、わたしはお客様相談室に配属された。当然、室長ではない。ムーンスター製品は製造中止になり、「マイルドフラワー」も店頭から消えた。W&B製品のフォローなど熱がこもるわけもなく、恩返し、という気持ちはもうどこにもなくなっていたが、リストラされるよりはマシだった。

そんな折り、お客様相談室に電話がかかってきた。

日本中で注目されている放火犯、林田万砂子。このたびの事件には、あるムーンスター製品が大きく関《かか》わっているため、お客様相談室の人間を呼んでほしい、と彼女が言っている。

会社は大騒ぎになった。こんな重大な案件を本当にお客様相談室にまかせていいのかと、緊急会議が開かれた。しかし、いざ誰を行かせるかという段階になると、候補に上がった者がみな辞退した。あんなに興味を持っていた放火犯と直《じか》に会えるというのに、結局は、遠い地方都市で起こったテレビの中の事件として楽しんでいたのだ。

最終的に、旧ムーンスターお客様相談室室長のわたしが行くことになった。

わたしに決まった途端、周囲はまた無責任に口を挟んだ。

あのたぬきおばさんはあることないことをでっち上げ、放火の原因を旧ムーンスター製品のせいにするかもしれない。そうなれば、W&Bの評判も落ちる。それだけはなんとか阻止するように。そう言われ、まるで戦地にでも送り込まれるようにここにやってきた。

妻には出張に行くとしか言っていない。

――みんな普通のおばさんだって言ってるけど、一晩に五件も放火する人が普通なはずないじゃない。きっと、ものすごい悪女なのよ。

テレビを見ながらそんなふうに言っていた彼女に、その悪女に会いに行くのだとは言えなかった。たぬき顔をした悪女。果たしてわたしはお客様相談室員としての仕事を果たすことができるのだろうか。いったい何を言われるのだろう……新幹線に乗り、初めての土地に向かいながら、脇腹がしくしく痛むような思いで、悪女との対決をシミュレーションしていたのだが。

林田万砂子が語ったのは、ムーンスター製品、ムーンラビットイチゴ味への熱烈なる思いだった。会社に恩返しをしたいとまで言っている。

だが、恩返しとはこんなことではないだろう。ならば、こちらも最後の恩返しをするまでだ。

「平井さん、聞いてる？　わたし、ムーンラビットイチゴ味のすばらしさを、取り調べでも、裁判でも、出来る限り語るわ。そうすれば、あなたの会社もムーンラビットイチゴ味をまた作ってくれるわよね。あなたも協力してくれるわよね」

「林田さん、あなたがムーンラビットを必要としている本当の理由を教えてください」

わたしは女を見据えた。

「何を言うの？　さっきからずっと話して聞かせたじゃない」

「聞いていましたよ。あなた、十代の頃は多くの男性にもてていたんですよね」

「そうよ、ムーンラビットイチゴ味のおかげよ」

「歯磨き粉にそんな効果はありません。そりゃ、一人、二人なら物好きがいるかもしれない。でも、多くの、というのはどうでしょう。わたしはあなたが見栄《みえ》をはってそう言っているのかと思いました。女性が三回嘘《うそ》をつくと事実になる、なんてことも言われていますしね。実際わたしはこの十年間、そういった人たちの相手ばかりをしていましたから。

でも、時間が経《た》つに連れ、最初のイメージよりあなたの印象がよくなっているのも確かでした。ですから、ちょっとしたしぐさがかわいらしく見えて、そういうこともあるかもしれない、とも思い直していたのですが、それでも、本当に失礼ですが、その顔で、多くの、はないでしょう。

あなた、昔は本当におきれいだったんじゃないですか？」

「そりゃ、今よりはマシよ」

「そうではなく、まったく別人のようにです。……たとえば、整形」

「きれいな顔を不細工に？　わたしが望んで、このたぬき顔にしたっていうの？　そんなバカげた話があるもんですか」

「あるかもしれません。誰か別の人物に成り代わるために」

「誰によ」

「M子さん。学生時代に寮の火災で亡くなったお友だち、彼女の名前が万砂子さんなのではありませんか？」

「すごい推理ね。じっと黙ってるから、ムーンスター製品への思いに浸っているのかと思っていたのに、そんなことを考えていたの？」

「浸っていたから、おかしいと思ったんです。十代の頃のことを自慢し、仲良しのM子さんはきれいじゃなかったと言い切っているのに、ご主人と出会われたときのことは、こんなわたしなどと、かなり自分を卑下した言い方をしている。同じ顔なのにどうしてだろうと思いました。ご主人が口元を褒めてくれたのが嬉しかったのは、そこだけは以前のままだからじゃないのですか？」

「成り代わらなきゃならない理由がないわ」

「それは、そうですね。厳しい母親から解放されたかったというのは、安易な発想でしょうか」

「くだらない。それに、成り代わったってことは、イコール、わたしが親友を殺したってこと？　あなたの言い方はそんなふうに聞こえるわ」

「殺したとは言っていません。寮で火災があって、M子さんが亡くなって、とっさに思いついたことかもしれません。ただ、寮に火をつけたのはあなたのような気がします。放火ではなく、M子さんが遊びに来た自分の部屋で、お香を焚いただけかもしれない。二人でうとうととして、気が付いたら火が上がっていた。自分だけが慌てて逃げ、M子さんは助からなかった。

そういう、何か後ろめたいことがなければ、ムーンラビットが製造中止になったからといって、惜しむことはあっても、幸せな人生を棒にふってまで復活させようとはしないんじゃないでしょうか。ムーンラビットがなくては罪の意識に押しつぶされてしまう。あなたにとってムーンラビットは精神安定剤としてなくてはならないものなのではないですか？　だから、テレビでムーンラビットの再生産を訴えるために、放火事件まで起こした。でも、これでは矛盾していますね。火事でM子さんを死なせてしまった罪の意識を緩和させるため、放火をする。火事なんか二度とごめんでしょうに」

くつくつと声を上げ、女が笑い出した。どこかスイッチが入ってしまったように、腹を抱え、歯をむき出しにしてゲラゲラと笑っている。

「甘いわね。そこまで考えられるのに、どうして詰めがそんなに甘いのかしら。ホント、男なんて単純ね。わたしの本当の名前はミチコ、不倫の倫に子どもの子。かわいい『りんごちゃん』よ。万砂子に成り代わることは、最初から計画していたの。

短大卒業前のお正月に実家に帰ったとき、買ったばかりのムーンラビットイチゴ味を洗面台の上に置いていたら、翌朝、母親に捨てられてた。怒ると、いつまでもこんなものを使って、頭がおかしいんじゃないの？　って言われた。わたしをおかしくしたのはお母さんじゃない、って言うと叩《たた》かれた。わたしは間違った子育てはしていない、っていっぱいいっぱい叩かれた。

就職は地元の小さな食品会社に決まっていたの。洋菓子職人になりたかったけど、お給料だけで暮らしていける自信がなかったから、家に戻ることにした。そうなると、洋菓子職人なんて反対されるに決まってるから、洋菓子も取り扱っている食品会社にしたの。それも事務員。いろいろと妥協したけれど、ムーンラビットイチゴ味があれば幸せになれるって信じてた。それなのに、捨てられたのよ。

家では二度と使えない。だから、万砂子になることにしたの。彼女は有名な洋菓子店に就職が決まっていたし、それに、ムーンラビットイチゴ味を使えるのなら、不細工でもかまわなかったわ」

「そんなことのために、M子……万砂子さんを殺したのですか？」

「だって、それしか方法を思いつかなかったんですもの。彼女はその日、わたしの服を着て、わたしの真珠のイヤリングをつけていたから、火をつけるだけでよかったの。簡単だったわ」

「他にも亡くなられた方がいるって言ってましたよね」

「もう、時効だわ。だから、バレてもかまわないことを前提に、昔話をしたのよ。公ではわたしの親は小さい頃に亡くなってることになっているんですもの」

「罪悪感はどこにもないのですか？」

「そういうのは全部、ムーンラビットイチゴ味が取り除いてくれたのよ。おかげで三十年間、幸せに暮らしてきたわ。ムーンラビットイチゴ味がなければ、わたしは生きていけないの。恩返しだなんてごめんなさい。これは、わたし自身の戦い。

絶対に、勝つわ」

真実を知った以上、わたしは女が公の場でムーンラビットについて語ることを阻止しなければならないのだろう。言葉を重ね、時間をかけて、女を説得する。それが可能かどうかも怪しいが、かりにそれが成功し、くたくたに疲れ果てて家に帰っても、妻の髪からはもう「マイルドフラワー」の香りはしない。人工的に二重にした彼女のまぶたは、最近徐々に腫れぼったくなっている。目の前にいる女のような顔になっていく彼女を、わたしはこの先愛し続けることができるだろうか。

「……応援します」

「ありがとう」

女は口元を覆わず、真珠のような前歯をのぞかせて、ニコリと笑った。それはどんなCMモデルのものよりも魅力的な笑顔だった。

ルビー

瀬戸内海に浮かぶ小さな島で生まれた私の、懐かしい故郷の風景は、海でもミカン畑でもない。

窓の向こうに広がる一面のたばこ畑だ。

そう言っても、頭の中に同じ風景を思い浮かべてくれる人は、東京で暮らして十五年目になる私の周囲には、一人もいない。茶色い欠片《かけら》になる前は、柔らかい黄緑色の大きな葉であり、茎の先端には可憐《かれん》なピンク色の花を咲かせることを説明しても、いまいち想像できない様子だ。どんな花？　と訊《き》かれ、ナスの花によく似ている、と答えると、ナスって野菜なのに花なんて咲くの？　とトンチキな答えが返ってくることもある。

大抵の人にとって、たばことは紙に包まれた茶色い葉で、ナスとは紫色の長細い野菜でしかないのだろう。たばこの匂《にお》いと聞いただけで顔をしかめる人もいるが、私は好きだ。ただし、それは黄色い煙をあげるたばこの匂いではなく、摘み取られた黄緑色の葉が太陽の光を浴びて、徐々に茶色く変化していくときに立ち上る香りだ。

築五十年以上になる木造二階建て住宅の実家の裏手には、八十坪ほどの畑があり、ナスはもちろん、一年間を通じて季節の野菜を栽培し、周囲には花や果実をつける木を植えている。実家にいた頃は、夕方、八百屋に行くように、カゴを片手に畑に出て行くのが、私の毎日の役割だった。

その向こう側に、たばこ畑が広がっていた。たばこ畑を取り囲む約五キロの舗装されていない農道は、周辺住民の散歩コースとしてよく利用されていた。

しかし、今はもう、たばこ畑はない。

たばこの煙は喫煙者だけでなく、周囲の人たちにも健康被害を及ぼすと、年々、たばこが社会から排除されているせいだろうか。たばこ畑は、十年前から徐々に、他の野菜の栽培に切り替えられ、五年前からは、一部、宅地として整地されるようにもなった。

実家に帰省したのは、三年ぶりだ。

家族と確執があったわけではない。孫でもいれば両親も、毎年帰ってこいと言うのだろうが、三十歳を過ぎた独身の娘では、たまに電話で生存確認ができれば充分なのだろう。おまけに、家には二つ年下の同じような娘がいるのだから。

六畳ずつ襖《ふすま》で仕切られていた二階の子ども部屋は、襖が取り払われ、一人っ子気分をおとなになって堪能《たんのう》している妹の城と化している。納屋を探せばいくらでも出てきそうな昭和初期を思わせる家具や雑貨を、わざわざお金をかけて買い集めるのはどういう心境からくるのだろう。部屋も変われば、景色も変わる。

窓から見えるのは、築三年目を迎えようとする、老人福祉施設だ。オレンジ色の屋根に白い壁という、南欧風マンションのような佇《たたず》まいは、一見、老人福祉施設と思えないが、午後九時過ぎにもかかわらず、各居室の灯《あか》りがほとんど消えているのを見ると、なるほど、やはり老人福祉施設なのだと納得できる。

建物は白いフェンスに囲まれ、フェンスの内側には、赤い花を付けた木が植えられていた。ハナミズキだろうか。白は一般的だが、赤は栽培が難しい。それほど、手入れが行き届いているということだろう。施設ができるにあたり、農道も整備された。ヨーロッパの石畳ふうに舗装された五キロコースを一周しながら、季節の花や木を堪能することができる。

国が建てた施設だ。事情を知らない人が見れば、少し税金を使いすぎなのではないか？と眉《まゆ》をひそめるかもしれない。しかし、ここまで行き届いているのは、入居者にではなく周辺住民に配慮してのことだ。うらやましいと思うのなら、どういった施設なのかきちんと調べた上で、自分たちの町にも同じ施設を誘致すればいい。

たばこ畑を思い浮かべることはできない人でも、窓の向こうに老人福祉施設が見える、と言えば、それなりにイメージを描けるだろうか。それでも、わが家の家族にとっては当たり前のように存在しているものが、世間の大半の人にとっては珍しいものであるということは、今でも変わらない。

一階から最上階の六階までもう一度見上げた。

引き戸が開き、妹がお盆を片手に入ってきた。

「かがやきさん、気になる？」

窓辺に立つ私に、妹が訊《たず》ねる。老人福祉施設の名称は〈かがやき〉という。

「建物はすごくきれいだけど、治安的にはどうなの？」

「何の問題もないよ。基本的に、入居者は一人で敷地外に出ないことになっているから、私たちが心配していたようなことは一度も起こってない。案ずるより産むが易《やす》し、って感じ？」

妹が頑固親父がひっくり返しそうな丸いちゃぶ台に、漆塗《うるしぬ》りの丸いお盆を置き、急須でお茶を淹《い》れ始める。私はカーテンを閉めて、窓に背を向け、ちゃぶ台の前に座った。

前回帰省した三年前、わが家では、ささやかな家族会議が開かれた。メンバーは、両親と私と妹。テーマは、家の裏に老人福祉施設が建てられることに同意するか否か。わが家の土地に建てるわけでもないのに、施設側が了承を求めてくるなんて、良心的だと思ったが、詳しい説明を聞き、資料を読むと、そうする理由がわかった。こんな施設を勝手に建てたら、裁判沙汰《ざた》になりかねない。

事実、担当者によると、それまでに交渉したところすべてに断られたそうだ。候補地に隣接する数軒の住民が、一致団結して反対したらしい。しかし、ここの場合は、候補地に隣接するのはわが家だけなので、わが家の同意さえ得られれば、交渉は成立するという。

両親が心配したのは、陽当《ひあ》たりのことだった。島内で類を見ない、鉄筋の六階建てだ。裏の畑の作物に悪影響が及ぶようなら、同意はできない、と。これには、私も妹もあきれ果てた。もっと心配することがあるだろう。普段から、玄関も縁側の戸も開けっ放しのわが家に、意識のはっきりしない老人が勝手に上がり込んできたらどうするのだ。危害を加えられたあとに、やはり同意しなければよかったと後悔しても遅いだろう。外に出てこなくても、夜中じゅう奇声をあげたり、暴れたりする老人だっているかもしれない。作物ではなく、自分たちの安全について検討するべきではないのか。しかし、両親は揃《そろ》って、

――そういうことは起こってみないとわからないから、心配しても仕方がない。

と、軽く流してしまった。

――かわいい孫が一緒に住んでいれば、話は別だけど。

余計なひと言も付け加えて。年に一度帰るかどうかの私は、どこか他人事《ひとごと》のようなところもあり、すんなりと引き下がったが、同居している妹は譲らなかった。

――そりゃあ、父さんと母さんは何が起きても、もういいって思える歳《とし》かもしれないけど、私のことも考えてよ。嫁入り前の娘に何かあったらどうするつもり？

――じゃあ、いい人を見つけて出て行けばいいじゃない。施設の建設をきっかけに、あんたが結婚してくれるなら、大歓迎よ。

――そんなにすぐ、相手がみつかるはずないでしょ。

――大丈夫よ。施設だってそんなにすぐできるわけじゃないわ。競争ね。

母としては、嫌味ではなく、本当に、どちらか一方でもいいから、早く結婚してほしかったのだろう。結婚を考えていた男がウルトラ級にマザコンだということが発覚し、別れたばかりだった私は、結婚なんか勘弁してくれと、両親の味方につき、施設の建設に同意することに賛成した。多数決、三対一で結論が出た。

担当者から、日照率を算出したデータをもとに、裏の畑の作物に影響は出ないという説明を受けたあと、両親は同意書に判子を押した。自分の家を建てるわけでもないのに、担当者は正座した膝《ひざ》にこすりつけるように深々と頭を下げて、こう言った。

――あなた方は日本一心に垣根のない、すばらしいご一家です。

「お茶、入ったよ」

骨董市《こっとういち》で売っていそうな有田焼の湯飲みから、緑茶の香りが漂っている。田舎の空気はお茶の香りを引き立ててくれるのだろうか。思わず目を閉じて吸い込みたくなるような、上品な香りだ。土産に買ってきた『松月堂』のモナカが合いそうだが、今夜一晩は、仏壇にお供えしておかなければならないし、両親より先に食べるのは気が引ける。有名な和菓子屋の一日三十箱限定という貴重品なのだから。

わが家は昔から、贅沢《ぜいたく》というものに縁がない。高級なものを一人で食べるよりも、安いものを皆で食べる方が幸せに決まっている、というのが母の口癖だ。高級なものを皆で食べるという発想はない。やはり、モナカは四人揃って食べたい。

「ダイエットしてる？」妹が言った。

「していたら、帰省なんかしない」

もともとの痩《や》せ体質に加え、毎回、目の下に真っ黒いクマを作って帰省する娘を、母は不憫《ふびん》に思うのだろう。帰っているあいだじゅう、自分が食べるのはそっちのけで、私の皿にわんこそばのようにほいほいとおかずを入れてくれる。今晩も、三年ぶりに家族で囲んだ鶏団子《とりだんご》鍋《なべ》を、十二分に堪能した。

無理をして大学まで出してもらい、二人姉妹の長女のくせに田舎に帰らず、都会で好きなことをさせてもらっているのだから、帰省時ぐらい私の方が親孝行しなければならないはずなのだが、虚《むな》しいことに、金銭的な余裕はどこにもない。特に今回は、一箱五千円のモナカを買うので精一杯だった。三年前に買ってあげたウインドブレーカーを、袖口《そでぐち》が擦りきれているにもかかわらず、両親揃って着ている姿を見て、心が痛んだ。しかも、母は胸元に子どものお姫様セットに入っているような、大きなブローチをつけていた。

あれは何なのだろう。どこかで見たような気もしたが、組み合わせに違和感がありすぎて、訊ねることができなかった。

「じゃあ、これ食べて」

妹が銀色のせんべいの空き缶から、見覚えのある小さな箱を取り出した。『松月堂』の金箱入り和三盆糖だ。

「ちょっと、どうしたの？　これ」

「もらい物。お姉ちゃん、和三盆糖好きだっけ？　まあまあおいしいけど、まとめて食べられるようなもんじゃないから、減らないいんだよね。いっそ、コーヒーにでも入れようかって、母さんと言ってたところ」

「バカ言わないで。これ、幻のお菓子って言われてるんだよ。京都本店のお得意様じゃなきゃ買えないし、この一箱で三万円するんだよ」

「三万？　ってことは、小さな砂糖のかたまりが一つ千円？　あり得ないでしょ。三千円の間違いじゃないの？」

妹はそう言うと、箱を開け、菊の花を象《かたど》った和三盆糖を一つ、口の中に放《ほう》り込んだ。あっ、と思わず声を上げそうになってしまう。箱だけでなく、菊の花の形にも見覚えがあった。国民的大女優が古希の祝いに、親しい人たちに配ったということで、うちの会社が出している雑誌に取りあげられていた。電話・メール等でのお問い合わせはいっさい受け付けておりません、という注意書きを添えて。それがちゃぶ台の上に無造作に置かれているとは。恐る恐る手を伸ばし、菊の花を一つつまみあげ、舌の上にそっとのせた。柔らかい甘さが口の中に広がり、一瞬で消える。

「どう？」

「通《つう》ぶってみたいけど、微妙。砂糖の味しかしない」

「でしょ。よくわかんないよね。でも、三万円なんて、おいちゃんも奮発したな。いや、おいちゃんも多分、誰かからもらってそんな高価なものだとわかんないまま、うちにくれたんだろうな。このひとかけらで『エーデルワイス』のショートケーキが四つ買えるなんて、母さんが知ったらひっくり返っちゃうよ」

『エーデルワイス』とは、島の対岸、本土のフェリー乗り場の近くにある洋菓子店だ。ショートケーキが一つ二百五十円というのは、今でこそ手頃な価格だと思うけれど、子どもの頃は、年に四回、家族それぞれの誕生日にしか買ってもらえない、高級なお菓子として認識していた。島のスーパーで売っているショートケーキは、パックに二つ入って二百円だったのだから。それよりも、

「おいちゃん？」

ひっかかった言葉を訊ねた。

「かがやきさんの最上階に住んでいる、おじいさん」

「随分なれなれしい呼び方だけど、及川《おいかわ》さんとか、そんな名前なの？」

「名前は知らない。訊いちゃダメでしょ。毎日窓を開けて、おーいおーい、って声をかけてくるから、おーいさんって提案したんだけど、母さんが、それなら、おいちゃんの方が

愛嬌《あいきょう》があるからって、みんなでそう呼ぶことにしたんだ」

「大丈夫なの？」

「だって、六階の窓ごしだよ。でも、最初に手を振り返した母さんは、やっぱ、勇気があるかな」

そう言うと、妹は母と「おいちゃん」との交流のなれそめを話し始めた。

老人福祉施設は、特別養護老人ホーム、ケアハウス、老人福祉センターなど、施設の特徴によって分類され、看板には施設の名称と一緒にそれも表記されるが、この〈かがやき〉の看板には表記されていない。一般的なものに分類されない、試験的に作られた老人福祉施設のため、呼び名が定まっていないのか、故意に表記していないのかは、定かではない。

今からちょうど二年前の五月にオープンした〈かがやき〉は、完成前から入居者が決まっており、完成と同時に入居者はフェリーに乗ってやってきて、初日から全部屋が埋まっていた。それぞれの入居者がどこからやってきたのかはわからないが、おそらく島内からの入居者は一人もいない。〈かがやき〉の門の前には乗用車が二十台停《と》められる広い駐車場があるが、利用するのは業者ばかりで、面会者が訪れる様子はないという。

入居者は自由に外出することを禁止されているらしく、また、敷地内を散歩することはあっても、高いフェンスで囲まれているため、外部の人が入居者と顔を合わせることはまずない。そのため、わが家にも、家の裏に大きな建物ができたということ以外、何ら影響が及ぶことはなく、三人とも、施設ができる前と同じ生活を送っていた。

母は朝五時に起床する。朝食の準備と洗濯をして、父が定年退職する前は、六時に父を起こし、七時に仕事に送り出したあと、一時間ほど裏の畑の世話をして、弁当持参で山の麓《ふもと》に広がるミカン畑に向かい、夕方五時までそこで一人、農作業をおこなう。帰ってきたあと、裏の畑で野菜を調達して、夕飯の準備に取りかかり、七時に父が帰ってきて、家族三人で食卓を囲み、夫婦は十時には床につく。まったく、娯楽も贅沢もない日々だ。母の趣味は料理と編み物、家事の延長でしかない。

〈かがやき〉がオープンしてひと月後、六月。梅雨の晴れ間のある朝、いつものように母が裏の畑で水やりをしていると、頭上から「おーい、おーい」と男性の声が聞こえた。自分が呼ばれているとは思わずに、そのまま作業を続けていたが、呼び声が止まることはなかった。「おーい、おーい、お嬢さん」と続き、母は、もしや呼ばれているのは自分ではないかと手を止めた。声は〈かがやき〉から聞こえる。振り向いて見上げると、最上階の部屋の窓から、一人の老人が手を振っていた。

「おーい、おーい、お嬢さん。あんたは本当に働き者ですなあ。毎日、大変でしょう」

「大変なことなんてありませんよ。心をこめて育てた花や野菜は私を元気にしてくれますから。そこからこの花たちが見えますか？」

「ああ、ワシは目がいいからよく見える。あんたの顔もよく見える。よろしければ、お嬢さん、僕のために足元の白い花を摘んでくれませんかな？」

「あら、まあ。どうしましょう」

「いやいや、お気になさらずに。ここから見せてくれるだけで充分じゃ。この年寄りは邪魔になりませんかのう」

「どうぞ、どうぞ、私の育てた作物たちを見てやってください」

そんな会話が交わされて、翌日から晴れた日は毎日、母が裏の畑に出ると、おいちゃんは六階の窓を開けて、「おーい、おーい」と手を振るようになった。母が笑顔で手を振り返すと、嬉《うれ》しそうに母にねぎらいの言葉をかけ、母が畑の世話をする姿をじっと眺めていたという。


和三盆糖を口に放り込んだ。頭の中を整理していかなければならない。

「お嬢さんで、自分のことだと思ったところが、いかにも母さんらしいでしょ」

妹が自分の湯飲みにお茶を注《つ》ぎながら言った。

「お嬢さんねえ……。ボロは着てても心は乙女。いや、天使？　あんなに心に垣根がない人、他に会ったことないし、自分の親ながら、やっぱりすごいと思うよ」

母のことは、島中の誰に訊いても、「いい人」だと答えるだろう。中には「偽善者」と心ない言葉を口にする人もいるかもしれない。そうだとすればおそらく、母と同性、同年代の人のはずだ。しかし、その人の目に母が「偽善者」として映ってしまうのは、その人が努力して「偽善者」としてふるまっても親切にできない人たちに対しても、母は他の人たちと変わりなく、普通に接することができるからだ。宗教やボランティアの団体に属しているわけではない。自分がしたいからする、それだけだ。

感染の恐れがある病気にかかっていようと、莫大《ばくだい》な借金をかかえていようと、離婚を何度も繰り返していようと、頭がおかしいと噂《うわさ》されていようと、母にとってはみな「ご近所さん」でしかない。体調がすぐれないと耳にすれば、消化のいい料理を作って見舞いに行き、祝い事があれば、得意のちらし寿司《ずし》と裏の畑で育てた花を持って行く。

私には到底できない。同じ血が半分流れているはずなのに――いや、父もそんな母の行動に文句を言ったことは一度もない。仕事が休みの日には、同行することもある。そんな二人の子どもであるはずなのに、見習おう、意志を引き継ごう、などという気持ちはさらさらない。

むしろ、ほどほどにしてほしいと思っているくらいだ。

私が同じ状況で声をかけられても、たとえ、きれいなお姉さん、などと言われても、聞こえないふりをするのではないだろうか。そして、目の前の妹も。

「ところで、あんたは、朝から晩まで働きずくめの親の話をすることに、何の罪悪感も持たないの？」

「私だって仕事してるもん」

妹が頰《ほお》をふくらませる。三十歳を過ぎてもこういう仕草ができるのは、母に似ているのかもしれない。どうでもいいところだけ受け継いだ、ということだ。

「朝十時から夕方四時までの、まったく客の来ない郷土資料館の受付でしょ。しかも、何の責任も伴わないパート職員だし。そんな楽ちんな仕事なら、食事の支度くらい自分がしようって思わない？　どうせ、給料だって、家に一円も入れてないんでしょ」

「お姉ちゃんに言われたくない。東京の出版社の正社員ったって、名前を聞いたこともない小さなところだし、親に仕送りをしてるわけでもないのに。私が何も役に立ってないような言い方してるけど、私の方が親孝行しているんだからね。お姉ちゃんのつまらない文章が載ってる『波動』だって、母さんが読みたいっていうから、私がネットで注文してあげてるし……っていうか、あれ、来月号で廃刊になるって、書いてなかったっけ？」

「書いてたよ」

若葉書房が刊行する月刊誌『波動』は中高年の男性をメインターゲットにした雑誌で、政治経済、スポーツ、お色気などの、おじさんが好きそうなお気楽ネタを、必要以上に小難しく書いているのが特徴だ。公共の場所で堂々と読める肩の凝らない雑誌として、駅の売店ではそこそこの売れ筋であったものの、不景気の波に抗《あらが》うことはできなかった。

「五月末なんて、おかしな時期に帰ってきたなって思ったけど、もしかして、リストラされた？」

「連休の振り替え。でも、やばいかも。夏のボーナスは確実に出ない」

「だから、今回のお土産はお菓子だけなんだ」

「だけって、あれは、この和三盆糖と同じお店の、かなりいいモナカなの。奮発したんだからね」

「それなら、食べてなくなるものよりも、前回みたいに、服とか、身につけるものにした方がよかったんじゃない？　二人ともほとんど毎日、お姉ちゃんが買ってくれたウインドブレーカー着てるんだから。私が新しいの買ってあげようかって言っても、お姉ちゃんががんばって働いてる証《あかし》だから、なんて言うし、袖口とかもうボロボロだよ」

　全国展開をしている量販店で、東京限定カラーというウインドブレーカーを目にして、全三色とも買いたくなり、一色を自分用、残り二色を両親用に買っただけなのに、そんな、ご大層な意味合いを持たせて着てくれているとは。おまけに……。

「母さん、赤い大きなブローチつけてたよね。あれ、あんたが買ってあげたの？」

「まさか。あんな趣味の悪い。あれは、おいちゃんからのプレゼント」

また、おいちゃんだ。和三盆糖を口に含む。

「窓越しの付き合いで？」

「ううん。お正月に、三人で食事に招待されたときに、もらったの」

「あの施設の中に入ったの？」

「うん。でも、ぜんぜん平気だったよ」

妹は、急須のお茶を湯飲みに注ぎ足して、一気に飲み干すと、母だけでなく、おいちゃんと家族ぐるみで交流をするようになったいきさつを語り出した。

母の日課に、晴れた日の朝はおいちゃんと挨拶《あいさつ》を交わす、という項目が加わった。

「お嬢さん、おはよう」

「おいちゃん、おはようございます」

ある朝、母はうっかり、本人に向かって「おいちゃん」と呼んでしまった。しかし、おいちゃんはどうやらその呼び方を気に入ったらしい。

「おいちゃんとは、ワシのことかい？　お嬢さんの親戚《しんせき》になったようで、嬉しいねえ、嬉しいねえ」

何度も「嬉しいねえ」を、歌をうたうように繰り返していた。

おいちゃんは畑の作物の一つ一つを褒めてくれた。

「あじさいがきれいに咲いたねえ」

「真っ赤に熟れたトマトを見ているだけで、ワシには、それが日本一おいしいということがわかるよ」

「キュウリも、ナスも、ピーマンも、お嬢さんの育てた野菜はみんな、お嬢さんのように瑞々《みずみず》しく輝いとる」

そんなふうに声をかけられるうちに、母はそれらの作物をおいちゃんに届けてあげたいと思うようになった。

おいちゃんの部屋を直接訪問することはできないので、調理しなくてもそのまま食べられるトマトとキュウリをかごに入れて、〈かがやき〉に持って行き、職員に、六階のおじさんに食べてもらってほしい、とことづけた。

「おいしかったのう。あんなおいしいものを食べたのは生まれて初めてじゃ」

翌朝、おいちゃんは嬉しそうに母にお礼を言った。

たかだか裏の畑でとれたトマトとキュウリをそんなにも喜んでくれるとは。おいちゃんはさぞかし気の毒な人生を送ってきたに違いない、と思った母は、週に一度のペースで、おいちゃんに差し入れをすることにした。野菜だけではない。重箱に詰めた母お手製のお弁当も一緒にだ。自信があるのに、家族からは不評なちらし寿司も、おいちゃんは「お嬢さんの人柄がにじみ出た、どんな名人にもマネのできん味じゃった」と褒めてくれた。

そうして半年が過ぎた年の暮れ、ある日、〈かがやき〉の職員の園田《そのだ》くんという男の子が、お菓子の包みを持ってわが家を訪れた。お嬢さんにぜひ食べてもらいたいと、おいちゃんが園田くんに頼んで、神戸の洋菓子店『白薔薇《しろばら》』のクッキーの詰め合わせを、わざわざ取り寄せてくれたのだ。

そんなに気を遣ってくれなくても、と母は恐縮した。しかし、

「おいちゃんはお嬢さんのことが大好きなんだと思います。だから、ぜひ、受け取ってあげてください。そうしていただけると、僕も嬉しいです」

園田くんにそう言われ、有り難く受け取ることにした。母は翌日、おいちゃんに「あんなおいしいお菓子を食べたのは初めてです」と頰を赤らめ、白い息を吐きながら、お礼を言った。

そんな母は娘から見ても、少し可愛《かわい》かったらしい。

神戸の『白薔薇』も、京都の『松月堂』に負けず劣らずの有名老舗店《しにせてん》だが、妹の口調では、『エーデルワイス』と同レベルかそれ以下にしか思ってなさそうだ。どちらもネットで気軽に注文できるような店ではない。施設にいながら手に入れることのできるおいちゃんは、両店の上得意なのではないだろうか。ということは、かつて、かなり裕福な暮らしをしていたということだ。和三盆糖を口に放り込む。

「おいちゃんも、天使の微笑《ほほえ》みにやられたわけね」

「どうして、私もお姉ちゃんも受け継がなかったんだろう。あれができたら、人生変わってたかもしれない。癒《いや》しを求める男をころっと騙《だま》して玉の輿《こし》、とか」

「騙そうってところが、もうダメね。そういうのはどんなに取り繕っても、顔やしぐさに出るんだから。でも、おいちゃん、母さんのことが好きなら、父さんが退職して、おもしろくなかったんじゃない？」

父は高校を卒業してから四十二年間勤めた島内の鉄工所を、昨年の三月末付けで定年退職した。退職後の父の生活は、母とほぼ同じものになった。そうなると、おいちゃんにとっては、お嬢さんとの楽しい朝の時間に、別の男が加わってしまうことになる。

「それが、そうでもないの」

妹はポットのお湯を急須に注ぎ、ほとんど色の出ないままのお茶を湯飲みに淹《い》れると、ちびりちびりとすすりながら、話を続けた。

母と一緒に父が裏の畑に出た初日、おいちゃんはいつもと同じように声をかけてきた。

「お嬢さん、おはよう。おお、一緒におるのはムコさんか」

「おはようございます。今日から僕もよろしくお願いします」

父は生真面目《きまじめ》な顔で、おいちゃんに深々と頭を下げた。

「こちらこそ、よろしく頼みますわい。ええことじゃ、仲の良いのは、ええことじゃ。夫婦の絆《きずな》は一億円払おうと買えるもんじゃない。お嬢さんとムコさんは、金には換えられん幸せを持っておるということじゃ」

おいちゃんは、母が一人で出ていたときよりも嬉しそうに、おいちゃん節を唱えたという。そして、ひと月後には妹も加わった。おいちゃんが「あんたら夫婦には、子どもはおらんのかい？」と訊ねたからだ。

「べっぴんさんの姉さんじゃ。姉さんにはムコさんはおらんのか？　ええ人と出会って、幸せになって欲しいのう」

おいちゃんは妹のことも大歓迎した。母が「お嬢さん」で自分が「姉さん」というのは妹的に納得できなかったが、小さなことにはこだわらないことにした。妹は畑仕事が昔から大嫌いだったが、おいちゃん節に乗せられて、気が付けば、汗をかくほど作業に没頭するようになっていた。

人手が三倍になり、作物の種類も増えていった。マスクメロンの栽培にも成功した。立派に育った顔より大きなマスクメロンを、三人は一つずつ両手で高くかかげ、おいちゃんに見せてあげた。

「立派なメロンじゃ、よかったのう。メロンを食べるのは初めてかい？　美味《うま》いぞう。ワシは昔、死ぬほど食べて、ちと飽きた。三人でじっくり味わいながら食べたらええからなあ」

三人はおいちゃんに言われた通り、お腹《なか》一杯メロンを食べた。おいちゃんは遠慮したに違いない。そう思った三人は、「死ぬほど食べて、ちと飽きました」と手紙を添えて、一番大きなメロンを届けてあげた。


なぜ妹は、そして、おそらく両親も、おいちゃんを貧乏人扱いするのだろう。裏の施設は全国初の試みとして良好な結果を出すために、条件に当てはまりながらも、かなりきちんとした人を入居させていることが考えられるのに。

「メロンが高級品だなんて、いつの時代よ。おいちゃんって、なんだか、上から目線だね。金持ちが貧乏人を見下しているような感じ」

「おいちゃんはそんな人じゃないし、年寄りって、お金があるない関係なく、そんな言い方するもんじゃないの？ それに、こっちは三人とも畑仕事用の汚い格好しているわけだし、同情っぽい言い方になっても仕方ないよ」

「そうかなあ」

和三盆糖を口に放り込む私の湯飲みに、妹がお茶を注いでくれた。最初に漂っていた上品な香りは消え、出がらし特有の渋い匂いがする。妹は同じお茶を自分の湯飲みに注ぎ、一気に飲み干した。

「まあ、これで、私が畑仕事の手伝いをしていることも、ちゃんとわかったでしょ？　それより、お姉ちゃんはこれからどうなるの？　若葉書房って他にどんな本出してたっけ？　私、『波動』の『昭和の愛憎事件』シリーズだけは、結構好きだったのに。『下町のロミオとジュリエット事件』とか、全部、本当にあった事件なんでしょ？　毎回、昼ドラチックな小説仕立てになっていておもしろかったのに。あれもう、読めなくなっちゃうの？」

私が担当していたコーナーだ。

「そうよ。苦労して調べたネタが、まだあと五本もあったのに」

「うわ、聞きたい。一番おもしろそうなの教えてよ」

おもしろい、ことになるだろうか。妹がわくわくしたような目を向けてくる。この部屋といい、昭和の何に魅力を感じるのだろう。ただ、今の時代よりも妖《あや》しい謎《なぞ》が潜んでいたのではないかと、思いを馳《は》せることは、私にもある。

「じゃあ、『情熱の薔薇事件』とか、どう？」

「胡散《うさん》くさそう。話して、話して」

渋いお茶をひと口飲み、今度は私が妹に、昭和のある事件について語ることにした。

――情熱の薔薇事件。

昭和三十年代後半、鉄工業で莫大な財産を築き上げ、「関西の鉄将軍」の異名をとった男は、自分より一回りも若い美しい妻を娶《めと》った。仕事一筋の鉄将軍だったが、妻への愛情を示すため、五回目の結婚記念日に、妻と面差しの似たハリウッド女優が、アラブの石油王から贈られたブローチ「情熱の薔薇」と同じものを作らせて、妻に贈った。時価一億円の愛情だ。

しかし、妻はそれを愛情として受け取ってはいなかった。自分を顧みない夫に寂しさをつのらせた妻は、夫の運転手兼、秘書である、自分と同じ歳の青年と情を交わすようになり、ついに、夫の留守中、駆け落ちすることを決意する。

鉄将軍は三日間の予定で、関東にある工場の視察に出ることになった。その二日目、人目を忍ぶように肩を寄せ合い、駅のホームに立っていた妻と青年の前に、到着した汽車の中から現れたのは、なんと鉄将軍その人だった。神戸本社で問題が生じたため、一日早く切り上げて帰ってきたのだ。

旅行鞄《かばん》を手にした二人は、鉄将軍を前に、逃げ出すことも、言い訳することもできなかった。鉄将軍は屋敷に二人を連れ帰り、問い詰め、持ち物を調べたところ、青年の鞄の中から、三百万円の現金と一緒に、ブローチが出てきた。

――妻に捧げた愛を何故おまえが持っている。

――こんなものを愛だと思えるあなたは、なんと愚かなのだろう。

青年の言葉に怒り心頭の鉄将軍は、部屋に飾ってあった日本刀を抜いて二人に斬《き》りかかった。

――私はこの男に騙されたのです。脅されていたのです。愛しているのはあなただけ、この男には何の情もありません。

必死に命乞《いのちご》いする妻の声は、もはや、鉄将軍の耳には届かなかった。妻に刀を振りかざす鉄将軍の前に、青年が立ちはだかった。

――僕の彼女への愛は、我が命を捧げること。一億円のブローチなど、死を前にした僕にとっては、おもちゃほどの価値もない。

鉄将軍の刀は青年の大腿部《だいたいぶ》をはらい、妻のわき腹を突いた。赤く飛び散る血しぶきは、「情熱の薔薇」をさらに赤く染め上げた。

その後、ブローチがどうなったのかは謎のままである――。

渇いた喉《のど》を潤すため、お茶の葉を入れ換えることにした。お盆の上の茶筒を取ると、これもまた、名店の品であることがわかった。熱湯を注ぐと、たちまち香気が立ち上る。

妹は口を閉じたまま、ちゃぶ台の一点を見つめている。新しいお茶を注いでやった。

「感想は?」

訊ねると、ハッとしたように顔を上げ、湯飲みを手に取り、「熱っ」と置いた。

「ちゃんと蒸らしてよ。いいお茶なのに」

「これが、いいお茶ってことは知ってるんだ。これも、おいちゃんから？」

「そうだけど、いや、まあ、事件の話。日本刀ってところに、昭和の愛憎を感じるよね。……一億円のブローチってどんなんだろ。写真とかないの？」

ちびちびとお茶を飲みながら訊かれる。私は和三盆糖を二つまとめて口に放り込んだ。

「ない。アラブの石油王が描《か》かせたデザイン画の複製は手に入ったけど、それとまったく同じに作られているかどうかは、ちょっと怪しい」

「『情熱の薔薇』っていうからには、赤いルビー？」

「当たり。緑ガメの甲羅くらいの大きさと形で、周りに小粒のダイヤモンドが花びらみたいにあしらわれてるの」

「何で、緑ガメが出てくるの？」

「あんたがイメージしやすいと思ったから。小学生の頃、二匹飼ってたじゃない」

「ああ、いたいた。変な名前つけてたよね。何だっけ？」

「ロバートとシャーリー」

「そうそう。お姉ちゃんがつけたんだっけ？」

「母さんよ。若い頃、島のシャーリー・ワトソンって呼ばれてたって、自慢してたじゃない。そこからとったの」

「そんなこと言ってたっけ？　その人、誰？」

たった二つしか歳が違わないのに、昭和オタクも海外のことには興味がないのだろうか。

「知らないの？　四、五十年前に超有名だったハリウッド女優」

「まさか、パンの耳が大好物で、三回冬越して家出したシャーリーが、女優の名前だったなんて」

「だから母さん、おいちゃんに、お嬢さん、って呼ばれてすぐに反応したんだよ」

「どういうこと？」

「『約束の丘』っていう映画。それも知らないの？　年代とか関係なく、不朽の名作っていわれてるのに。主演俳優がロバート・ワーグナーで、相手役がシャーリー・ワトソン」

「ロバートまで！　亀《かめ》のくせに、ミカンが大好物だったたんだよね。シャーリーを追って家出して……」

「亀の話はもういいって。その映画の中で、ロバートがシャーリーに『お嬢さん、僕のために足元の白い花を摘んでくれませんか？』っていう有名なセリフがあるの」

「そのセリフ！　じゃあおいちゃんは、母さんがシャーリーって女優に似てるから、お嬢さんって声をかけたの？」

「たぶん。似ていたのは三十年以上前の話で、今は面影もなさそうだけど。遠目で見たらけっこうイケてたのかもしれない」

「なるほどね。でも、これで納得」

「何が?」

「母さん、初日から嬉しそうだったもん。私が、怖くないの? って訊いても、全然、って笑ってたし」

「あんたから見て、おいちゃんはどんな人なの?」

「優しいおじいちゃん。最初は、おいちゃん節を笑い話のネタにしようって、毎日、一緒に手を振ってたんだけど、だんだん、おいちゃんの元気な姿を見なけりゃ一日が始まらないような気がして。なのに、おいちゃん、ホントはぜんぜん元気じゃなかったんだ」

妹は少し冷めたお茶を一気に飲むと、再びおいちゃんについて話し出した。

「あんたら家族は本当に仲がいいですなあ。世界一の幸せもんじゃ」

年寄りの調子がいいだけの言葉も、半年以上続けば、催眠術のような効果をもたらすようで、三人で食卓を囲んでいると、心が満たされ、徐々に会話が増えていったらしい。

もともと仲が悪いわけではないが、大人三人で盛り上がるような話題もなかった。世間話の延長で、つい妹の結婚話になり、裏に施設ができたら結婚して出て行くのではなかったのか、と両親のどちらかが冗談めかして言い、気が付くと険悪な空気が流れていたことが、たびたびあったようだ。

しかし、三人でおいちゃんと交流するようになってからは、おいちゃんの話題で盛り上がることができた。おいちゃんの目にわが家はどんなふうに映っているのだろう。わが家は表から見ると、庭もあり、そこそこの建て構えだが、裏からでは貧しい農家のように見えないこともない。畑の世話に出てくる夫婦は毎日同じウインドブレーカーを着ているし、結婚適齢期であろう娘も洒落《しゃれ》っ気のない格好をしている。けれど、三人で力を合わせ、野菜や花を育て、収穫を喜び合う。

貧しいけれど、楽しいわが家。

きっと、そんなふうに思われているのではないか。では、おいちゃん自身はどうなのだろう。他の入居者や職員がいるとはいえ、心を通わせられる人はいるのだろうか。面会に来る家族を見かけたこともない。

寂しいから、おいちゃんは大きな声で呼びかけ、手を振っているに違いない。

そう結論づけると、三人とも、急においちゃんが不憫《ふびん》に思えてきた。季節は冬。自分たちはこうして温かい鍋を囲んでいるのに、おいちゃんにはそういう人がいない。クリスマスは、正月は、どうするのだろう。

「おいちゃんを、わが家に招待できないかしら」

母が提案し、父も妹も賛成した。早速、職員の園田くんに頼み、施設の責任者にかけあってもらったが、残念ながら許可は下りなかった。しかし、年が明けたある日、三人は園田くんを通じて、おいちゃんから食事の招待を受けたのだ。

裏の畑の片隅に咲いた水仙を手みやげに、三人は園田くんの立ち会いのもと、おいちゃんの部屋を訪れた。

「どうだった？」

和三盆糖を口に放り込む。

「すごい部屋だったの。どれくらいすごいかっていうと、新聞紙に包んでいった水仙の花束をその場で消し去ってしまいたくなったくらい」

「もっと具体的に説明してよ」

「外国のお城みたいだった。ペルシャの子どもが何年もかけて織ったような絨毯《じゅうたん》が敷かれているし、どっしりピカピカの家具が揃っているし、ルノアールっぽい絵が飾られているし、子どもがかくれんぼできそうな大きな花瓶に真っ赤な薔薇がどさっと生けられているし、とにかく別世界。おまけに、おいちゃんはかっこいいガウンを着て、片手にパイプなんか持ってるの。こっちも、さすがに畑仕事用の服ではなかったけど、普段着だったし、せめて服だけでも着替えて出直させてくださいって気分だった」

「施設の全部屋がそんなふうとは考えられないから、おいちゃんが手を入れさせたんだろうね。やっぱり、すごいお金持ちなんじゃない？」

「いや……、でも……、インテリアの価値とかよくわかんないじゃない。絵も複製かもしれないし。ペルシャの子どもは言い過ぎたかな」

妹の声のトーンが徐々に下がっていく。

「で、そんな立派な部屋で何をごちそうになったの？　まさか、施設の給食じゃないでしょ？」

「和食だった。部屋は洋風だったけど、それは、おいちゃんが車椅子《くるまいす》に乗ってるからで、車椅子のこともその日初めて知ったの。いつもは窓越しに上半身しか見えなかったから。昔、足を大怪我《おおけが》したんだって。部屋には簡単なキッチンスペースがあって、京都からきた石井《いしい》さんって人が作ってくれたんだけど、おいしかったなあ」

「『石井』って、あの三つ星の？」

「知らない。紫色の調理服の胸に白で『石井』って書いてるのを見ただけだもん。三つ星だなんて、おいちゃん、言わなかったし。それに、帽子の真ん中、ナスビの模様だよ。高級な店にナスビマークなんて似合わないじゃない」

やはり、京都の老舗料亭『石井』だ。何とかの宮さまが、料理のお礼状に添えた手描きのナスビのイラストを、店のマークにしたというのを雑誌で見たことがある。

「でも、ナスビを使った料理が一品もなかったの。おもしろいでしょ。ちまちました料理が一皿ずつ出てきて、私的にはちょっと物足りなかったけど、おいちゃんは、ほとんど残してた。でも、会話ははずんで、おいちゃんも楽しそうだったよ」

「どんな話をしたの？」

「確か……『残照』を見たことはあるかい？　ワシは『アラビアの男』が一番好きなんじゃ、とか、そんな話。私は何のことかさっぱりわからなかったから黙ってたけど、父さんと母さんは、あれは私も夢中になりました、とか言って、すごく盛り上がってた」

それらはみな、シャーリー・ワトソンが出演した映画の題名だ。母は「私、島のシャーリーって呼ばれてたことがあるんです」とおいちゃんに自慢しなかっただろうか。おいちゃんは「最初からそう思ってましたよ。だからあなたに……」なんて。

「でね、食事のあとに、おいちゃんが、お嬢さんにプレゼントしたいものがある、って、あのブローチをくれたの」

やはり、そうなったのか。

妹は大きく息をつき、そのときの様子を説明した。

おいちゃんに「プレゼントしたいものがある」と言われ、母は「こんなすばらしいごちそうをいただいたのに、その上プレゼントなんて、受け取れません」と申し出を固辞したらしい。母は自分から他人に善意を施すのは好きだが、他人から善意を施されるのは好きではない。ギブアンドテイクという概念が母の中にはないのだ。ギブオンリー。

しかし、おいちゃんは「もう準備をしているのだから」と母に文庫本くらいの大きさの箱を差し出した。

「おいちゃんからの、クリスマスプレゼントじゃ」

そう言われて渋々受け取り、その場で箱を開けると、赤い大きな石の周りにきらきらと光る透明の石が花びら形に施されたブローチが入っていた。

「まあ、これは」

「お嬢さんに似合うと思って、同じものを注文したんじゃ。なに、遠慮はご無用。子どものおもちゃみたいな安もんだから、畑仕事の服につけて、これからもこの年寄りを楽しませてもらえんかのう」

おいちゃんがそう言うと、母は「ありがたくいただきます」とその場でブローチを胸につけた。おいちゃんは目に涙をためて、「よう似合うとる」と繰り返したらしい。

妹がちゃぶ台の下からティッシュ箱を出し、一枚引き抜いて目頭に当てた。

「うちの家族はそこで誰も泣いてないのに、園田くんが泣いてたの」

「職員の？」

「そう。優しい人だから、単純に感動したのかなってそのときは思ったんだけど、あとから、おいちゃんの余命が、あと長くて半年だ、って教えてくれたの。節分の海苔《のりま》巻きを差し入れた重箱をもらいに行ったら、園田くんに突然、実はおいちゃんは病気で食事制限があって、差し入れは僕がいただいていたんです、って言われて、驚いちゃった。園田くんはおいちゃんから、内緒にしておくようにって言われてたけど、おいちゃんのために作られたものを自分が食べるのが申し訳なくて、打ち明けることにしたんだって。正直な人でしょ。二月だったから、今は、余命あと三ヶ月ってことになるのかな」

　和三盆糖を口に放り込んだ。

「母さんもそれ知ってるの？」

「うん。私が教えた。私、もっとおいちゃんのためにいろいろしてあげた方がいいんじゃないかって提案したんだけど、父さんも、母さんも、このままでいいって言うの。おいちゃんだって、もうすぐ死ぬ人みたいに扱われるのはイヤでしょって。だから、これまで通り、毎朝、三人で裏の畑で仲良く作物の世話をして、おいちゃんに笑顔で手を振って、立派に育った花や野菜を見てもらうことに決めたんだ」

「それで、毎日ブローチをつけてるから、古びたかんじになってるんだ」

「いや、最初から年代物って感じだったよ」

「じゃあ、母さんがシャーリーに似ているからって、『情熱の薔薇』のレプリカを、おいちゃんが最近どこかで注文したわけじゃないのね」

「わかんないよ、それは。アンティーク風に仕上げてもらうことだってできるでしょ。……まさか、お姉ちゃん、さっき話してくれた『情熱の薔薇事件』のブローチがあれだって言いたいの？」

「あんたはどうなの？　さっきからお茶ばかり飲んでるけど、途中で気付いて、動揺してるのをごまかそうとしていたんじゃないの？」

「お姉ちゃんなんて、和三盆糖、一個千円とか言ってもったいぶってたのに、ほいほい食べてたよね。ずっとブローチのこと、考えてたんでしょ。こうなったら、事件のこと、もっと詳しく聞かせてもらうからね。——まず、鉄将軍の奥さんは誰に似ていたの？」

和三盆糖に手を伸ばし、引っ込める。やっかいなことになってきた。しかし、ここでやめるのも、不自然だろう。

「シャーリー・ワトソン」

「じゃあ、次。鉄将軍はどうなったの？」

「判決は無期懲役」

「青年は？」

「行方不明」

「ブローチは？」

「事件のときに消えたみたい。お金もなくなっていたから、青年が持って逃げたんじゃないかって言われてる」

「鉄将軍じゃなくて、青年が持ってる可能性が高いわけね。で、お姉ちゃんは、青年がおいちゃんじゃないか？　って疑ってる。――それぞれの今の年齢は？」

「鉄将軍が八十歳、青年が六十八歳。逆に、私から質問。おいちゃんはいくつなの？」

「正確な歳はわかんない。見た目も微妙。六十八歳でも、苦労してると、年齢より老けて見えるよね」

　妹が和三盆糖を口に入れた。あと、三個だ。

「下手な誘導しないでくれる？　私は青年がおいちゃんだなんて、思ってない。あんただってそれくらいわかるでしょ。おいちゃんが青年だとしたら、――彼の前科は何？」

　老人福祉施設〈かがやき〉は、刑務所出所者専用の、老人ホームなのだから。

「そうだった。かがやきさんは、前科がないと入れない。じゃあ、おいちゃんは鉄将軍？　実は、ブローチは鉄将軍が持っていて、シャーリーの面影がある母さんにプレゼントしたってこと？」

「シャーリーというよりは、自分が殺してしまった妻の面影じゃないかな」

「罪滅ぼしのために？　それとも、単純に、奥さんに似た人が親切にしてくれるのが嬉しかったのかな。それが本当だとしたら……」

「すごいと思わない？」

「あのブローチが一億円！　それも何十年も前の一億でしょ、まさか……あり得ないよ」

　妹は湯飲みに出がらしのお茶を注ぎ、ガブリと飲んだ。空になった湯飲みの底を凝視しながら、何か必死で考えている様子だ。『したきりすずめ』のおばあさんも、『花咲じいさん』の隣の家のじいさんも、こんな顔をしていたに違いない。

思わず、笑ってしまう。しかし、そうできるのは、私自身の顔が見えていないからだ。なんと醜い姉妹なのだろう。

和三盆糖を口に入れた。

「おもしろかった？」

「え？」妹が顔を上げた。

「一億円の使い道考えてたでしょ。でも、残念。一つ、重要なこと言ってなかった」

「何？」

「『情熱の薔薇事件』なんてこの世に存在しませ〜ん。私の作り話。帰ったときから、母さんのブローチに見覚えある気がしていたんだけど、母さんが、お嬢さんって呼ばれたって聞いて、シャーリー・ワトソンの『情熱の薔薇』に似ているんだって思い出したの。一度、雑誌で見たことあったから。それで、〈かがやき〉はああいう施設だから、殺人事件とからめたら信憑性《しんぴょうせい》が出るかなって、勝手に作ってみた。――うまく騙されたみたいだし、これを機に、作家でも目指してみようかな」

妹が大きくため息をついた。あー、と声をあげて畳の上にひっくり返る。

「お姉ちゃんって、悪趣味。都会に出たら、こんなにイヤな人になるなんて。怖いったらありゃしない。でも、作家は無理だよ。『情熱の薔薇』とか、『関西の鉄将軍』とか、ネーミングが古くさいんだもん。センスないよ」

「そうか。残念だな。じゃあ、クビにならない限り、地道にがんばらなきゃ。――そろそろ寝よっか」

それがお開きの言葉になった。二つ残った和三盆糖を一つずつ食べることにした。千円が舌の上で溶けていく。これで、夢物語は終了だ。

妹はちゃぶ台の上を片付け、急須と湯飲みをお盆に載せて部屋を出て行った。私は押し入れから布団を出し、二組並べて敷いた。時計の針は零時をまわっている。

カーテンをそっとあけて、外を見る。

全室灯りが消えている建物の六階に目を向けた。

鉄将軍は安らかに眠れているだろうか。「情熱の薔薇事件」という名の事件などこの世に存在しない。しかし、事件そのものは確かにあった出来事なのだ。

母の胸元で輝くブローチは――。

全国初、刑務所出所者専用老人福祉施設の建設候補地、全国五十箇所の中で、唯一反対運動を起こさなかった、日本一心に垣根のない夫婦のものだ。元受刑者にいきなり声をかけられて、誰が、笑顔で手を振り返すことができるだろう。誰が、花や料理を届け、お礼のお菓子を受け取ることができるだろう。

ボランティアという言葉が大好きな偽善者が、受刑者にも親切に振る舞える自分に酔いしれたくて、同じような行為をすることはあるかもしれない。しかし、そういう人たちとわが家の両親とは、根本的なものが違う。

母も父も、おいちゃんが元受刑者だと意識していないはずだ。「おーい、おーい」と声をかけてくる、陽気なおじいさん。

受刑者という黄色い煙を上げるたばこではなく、おいちゃんという人物、黄緑色の葉もピンク色の花も込みのたばことして、接しているのだ。

それが解《わか》ったからこそ、おいちゃんは母にブローチを贈ったのではないか。

明日の朝も、晴れたら、三人は裏の畑に出て、おいちゃんに手を振るのだろう。いつもと変わらぬ両親。そんな二人の横に、ブローチに一億円の価値があると知った妹が、ニヤニヤしながら立っていれば、おいちゃんも様子がおかしいと不審に思うに違いない。

こちらがブローチのことに気付いたと察すれば、もう、窓から手を振ることもなくなるかもしれない。

そうなれば、自分に原因があるのではないかと、母は落ち込むだろう。

あのブローチがおいちゃんからのささやかなプレゼントであるうちは、わが家はおいちゃんが言うところの「幸せな家族」でいられるはずだ。一億円では買えない幸せ。

だから、絶対に、あのブローチを「情熱の薔薇」にしてはいけない――。

『波動』が廃刊になるのは、わが家にとって、とても幸運なことなのだ。「情熱の薔薇事件」の掲載予定は再来月号だったのだから。事件の正式名称を、こちらが勝手に考えた、どろどろとしたイメージの名称に置き換えるのは、「昭和の愛憎事件」シリーズのいつものパターンだ。人物を実名ではなく、あだ名で呼ぶことも。

まさか妹が、事件の正式名称「A市日本刀殺害事件」や、鉄将軍の本名「神蔵恩太郎《かみくらおんたろう》」を知ることはないだろう。ネットで、「情熱の薔薇」「ブローチ」などを検索しても、シャーリー・ワトソンの記事しか出てこないはずだ。

階段を上がる妹の足音が聞こえる。カーテンから手を離し、布団の中にもぐりこんだ。

コチ、コチ、と鳴る柱時計の音が耳に付いて眠れない。

「お姉ちゃん、まだ起きてる」

妹の声が聞こえた。こちらを見ずに、ぼんやりと天井を見上げているのだろうか。言葉は私のところまで下りてこず、暗闇《くらやみ》の中に浮かんでいるように感じる。受け取ろうか、消えてしまうのを待とうか、少し考え、目を開けた。

「何？」

「私、結婚するかも」

「なんだ、つき合ってる人いたの？　誰？　島の人？」

「園田くん」

「裏の職員の彼ね。あんたの話し方で、何となく好きなんじゃないかな、とは思ってたけど、結婚だなんて。よかったじゃない。おめでとう」

「ありがとう。……でね、園田くんに、おいちゃんの本名を教えてもらったの、ホントは職員には守秘義務があるんだけど。でも、おいちゃんの前科が気になって。こういうところが、私のダメなところなんだよね」

「……それで？」

「おいちゃんの名前、『神蔵恩太郎』っていうの」

「……ごっつい、名前だね。でも、恩太郎だから、おいちゃんってのもありかも」

「もう、誤魔化さなくていいよ。さっきの事件、本当は『A市日本刀殺害事件』っていうんでしょ。私が調べた記事には、奥さんが女優に似ていたことや、ブローチのことまでは書いてなかったけど、おいちゃんがお金持ちで、母さんがもらったブローチも本当はすごく高価なんじゃないかって予感はしてたの。でも、母さんにも、父さんにも、園田くんにも黙ってた。なのに、三年ぶりのお姉ちゃんがいきなり、ど真ん中に命中する話するんだもん。しかも、ブローチが一億円だなんて……」

「どうしようと思ったの？」

「やばいって思った」

「私が欲の皮つっぱらせてるように見えた？」

「それは、お互い様でしょ」

「おいちゃんを青年の方だと思わせる、下手な誘導も通用しなくて、あせった？」

「うん。口の中が渇いてしょうがなかった。でも、お姉ちゃんが誤魔化してくれてホッとした。多分、考えてることは一緒なんだって思って」

果たして、本当に同じなのだろうか。私はかなり無理をしているのだが……。

「ねえ、あんたはたばこ好き？」

「花と匂いは好き」

「じゃあ、一緒だ」

妹からの返事はなかった。目を開けているのか閉じてしまったのかもわからない。ただ、私たちの頭の中に、今、同じ風景が浮かんでいることは確かなのではないかと思う。

ダイヤモンド

月曜日

右隣の席の女がけたたましい笑い声を上げた。

「笑い事じゃないわよ」と同席の女が顔をしかめる。

どちらも、三十代半ばだろうか。妊婦服のような裾《すそ》の広がった服を着て、その下に黒いパッチを穿《は》いている。昼飯が五千円もする高級フランス料理店にこの格好で来るということは、こいつらにとってはこれが一張羅なのか。それとも、メシ代に金をかけすぎて、服代にまでまわせないということなのか。それとも、パッチで外を歩けるほど、女を捨てているということなのか。待てよ、女物はパッチとはいわないはずだ。確か、スパッチ？　そんな名前だったような気がする。だが、そんなことはどうでもいい。

美和《みわ》には縁のない格好だ。

たるんだ腹も、パンパンに張った足も、隠す必要はないのだから。

しかし、こんなおばさんたちでも結婚はしているようだ。子どもの塾代がだの、ダンナの給料がだの、しみったれた話をしている。世の中は晩婚・少子化で、結婚できずにあぶれている女がわんさかいると、マスコミは大問題のように扱っているが、このおばさんたちのような、美人でスタイルがいいわけでもなく、性格もさほどよさそうではない女が結婚し、子どもを生んでいるのだから、現実はわからない。

それとも、このおばさんたちも、女としてマシだった時期があったのだろうか。結婚したことにより、配偶者を見つけなければならないという緊張感から解放され、このように弛緩しきってしまったのだろうか。

だとすれば、美和も数年後には……いや、それはない。

俺の前を九十秒ローテーションで通過していった女たち。そこそこ美人な顔を化粧で作りあげていた女、知性を強調するため政治ネタばかり話していた女、家事が得意だと必死でアピールしていた女……。なんとか結婚するために最大限に自分を取り繕っていた女たちのなれの果てが、多分、このおばさんたちだ。

妥協しなくてよかった。適当なところで手を打っていたら今頃、このおばさんたちのような女を養うために汗水垂らして働くことになっていたのか。

途端に、このおばさんたちの亭主が不憫《ふびん》に思えてくる。嫁が五千円の昼飯を食っていることを知っているのだろうか。五千円の昼飯を食わせてやっているのに、悪口を言われていることに気付いているのだろうか。

いや、こういう女を選んだ男の方に責任があるのだ。まさか昔の政略結婚じゃあるまいし、一、二度会ってすぐに結婚したわけではないだろう。チャンスは何度かあったはずなのに、正体を見抜けなかったマヌケな男に同情してやる義理はない。

「おまたせしました」

美和が正面の席についた。両手を軽く合わせ、上目遣いで俺を見ている。

「あ、ゆ、指輪」

美和の左手の薬指で、小さな石がきらりと光った。ほんの五分ほどまえに俺が差し出した、ダイヤモンドの指輪だ。

「大切にしまっておかなきゃいけないのに、嬉《うれ》しくて、どうしてもすぐに嵌《は》めてみたくなったの」

美和がはにかむように笑う。ダイヤモンドにも勝る笑顔だ。

プロポーズをするなら、週末に夜景の美しいレストランでと思っていたが、夜間の専門学校に通う美和の都合がつく日と、大安がなかなか合わず、平日の太陽の光が差し込むレストランでになってしまったが、ダイヤモンドを輝かせてくれるのなら、こちらの方が好都合だったわけだ。すべてが上手《うま》くいっている。

「よ、よく、似合ってるよ」

「嬉しい。わたしの宝物よ」

美和は嬉しそうに、左手を光の差し込む硝子《ガラス》張りの壁にかざした。

給料三ヶ月分、一人訪れた宝石店では、高い買い物だと感じたが、今はみじんもそう思わない。明日も、明後日《あさって》も、来年も、さ来年も、十年後も、二十年後も、美和のために働くことを苦に思うことはないだろう。

「も、もう一杯、な、何か頼もうか」

食事中はグラスワインを二杯飲み、すでに、コース最後のコーヒーも飲み終えていたが、このまま席を立つのは名残惜しい。

「ごめんなさい。もっと一緒にいたいんだけど、課題のレポートがまだ仕上がっていなくて。今日中に提出しないと、単位がもらえないの」

「じゃ、じゃあ、仕方ないね。レポート、が、がんばって」

「治《おさむ》さんの栄養管理をしっかりしてあげられるように、がんばります！」

美和は右手で敬礼のポーズをとった。あっ、と指輪を嵌めた左手に代える。

隣のテーブルのおばさんたちがガハハと笑い声をあげたが、それはもう、美和を引き立てるものでしかない。

おまえたちとさほど年も変わらないのに、美和は美人でスタイルが良く、上品でかわいらしく、おまけに栄養士になるという向上心も持っているのだ。少しは己を恥ずかしく思え。そして、すばらしい女と結婚できる俺を、うらやましく思え。

美和を見送り、支払いを済ませて店を出た。

空は快晴。ネクタイをゆるめ、腹一杯に空気を吸った。

今日は人生最良の日だ。十月一日は俺と美和の記念日となり、このレストランは思い出の場所として、これから何十年ものあいだ、二人で語り合うことになるだろう。店の名前をきちんと憶《おぼ》えておかねばならない。硝子張りの温室のような建物を振り返る。料理が一流の店は掃除も行き届いている。硝子に一点の曇りも見られない。建物全体が太陽の光を受け、きらきらと輝いている。ネットで調べて初めて来たが、澄み切った心と硝子細工のような美しさを持つ美和に、ぴったりの店だった。

――ゴッ。

頭上で鈍い音がした。壁にゴムボールでもぶつかったのだろうか。視線を降ろすと、ドアの手前に茶色いかたまりが落ちているのが見えた。店を出たときにはなかったはずだ。今の音はあれが壁にぶつかった、いや、激突した音だったのだろう。

と、ドアが開いた。

「ま、待て！」

ドアの前に駆け寄り、両手を伸ばしてそいつを覆う。

「いてっ」

右の手の甲に骨が砕けそうな激痛が走った。

「もう、何よ。危ないじゃない」

隣のテーブルに座っていたおばさんの一人が、つばでも吐きかけるような勢いで俺に言った。人の手を踏んでおいて、何という態度だ。

「どうしたの？」

連れのおばさんが財布をハンドバッグに入れながら出てきて訊《たず》ねた。

「急に手を伸ばされて、転びそうになっちゃったのよ」

「あら、まあ。小銭でも落としたんじゃないの」

二人はけたたましく笑い声を上げ、通りに向かった。むかつくが、追いかけて怒鳴ってやろうと思うほど、俺は度量の狭い男ではない。しかも、今日は記念日だ。罪人も恩赦を与えてやらねばならないだろう。

しかし、小銭とは……。卑しい人間は会話の端にもそれが表れるのかと、あきれる限りだ。それに比べ、俺のなんと慈悲深いことよ。

ゆっくりと立ち上がり、合わせていた両手を開く。

手のひらの上には、目を閉じたままぴくりとも動かない——雀《すずめ》が一羽。

哀れなものだ。雀の視力がいかほどなのかはわかりかねるが、飛んでいる最中、硝子の壁があることに気付かず、ぶつかってしまったのだろう。車なら、ブレーキをかけずに崖《がけ》に激突したようなものか。それなら、即死も仕方ない。

死体をかばうなど、無駄なことをした気もするが、亡骸《なきがら》をおばさんに踏みつけられたとあっては、雀とはいえ、死んでも死にきれないだろう。どこかに埋めてやりたいが、勝手にそんなことができるほど、人間様の世界はやさしくできちゃいない。

置き去りにするしかないが、出来る限り、人目につかないところにしてやりたい。辺りを見渡してみる。看板を立てた花壇、店にとっては縁起が悪いかもしれないが、そこが一番よさそうだ。葉を茂らせたバラの根元に置けば、誰にも見つかることはないだろう。

おい、雀。おまえ、何色のバラがいい？

胸の内でつぶやきながら、左手に雀を乗せ、右手の人差し指で頭をつんつんとつついてやった。

と、雀の目が開いた。ぼんやりとうつろな目で俺を見上げると、ハッと我に返ったようにからだをぶるりと震わせた。羽をひろげ、慌てて飛び去っていく。

なんだ、生きていたのか。脳震盪《のうしんとう》をおこしていたのかもしれない。ということは、俺は雀の命を救ったことになる。記念すべき日にふさわしい行動ではないか。

美和に今度会うとき、教えてやろう。俺の優しさに心を打たれ、こんなにすばらしい人がわたしの夫になるなんて、と改めて感激するに違いない。

なに、雀を助けるなど容易《たやす》いものさ。俺は命をかけてきみを一生守るよ。

いい天気だ。このままアパートに帰るのはもったいない。この辺は不慣れな場所ではあるが、女に人気があるようだから、美和を洒落《しゃれ》た店に案内してやるためにも、少し歩いて、研究しておいた方がいいだろう。

そういえば、来月は美和の誕生日だ。プレゼント用にめぼしいものを探しておくのもいい。

風呂《ふろ》から上がり、ビール片手にテレビをつけると、見憶《みおぼ》えのある光景が映し出された。お見合いパーティーだ。俺が登録していた全国展開している会社が主催しているもので、場所は俺のときとは違うが、テーブルの配置など会場内の様子は同じだ。どうやら、あまり売れていない独身のお笑い芸人二人がこれに参加するらしい。

――僕らが参加するのは、ノーマルコースです。他に、エリートコース、再チャレンジコースと、三つのコースがあります。

――せやけど、エリートコースの方が、美人がぎょうさん集まるんとちゃう？　あっちにまぎれこんだろか。

――あかんあかん、名札でバレるやろ。

――ほんまや。男は名札に資産額書かなあかんて、なかなかシビアなパーティーやな。

――それほど、参加者は真剣に結婚を考えとるっちゅうことや。

もはや俺には関係のないイベントだが、テレビで客観的に見ると興味深い。月収はそこそこだが、金のかかる趣味もなく仕事漬《づ》けだった俺は、エリートコースでもいける資産額を毎回名札に記入していたが、あえて、ノーマルコースに参加していた。

エリートコースに参加する女など、最初から金だけが目的だと言っているようなものではないか。そんなハイエナ集団の中に、将来をともにしたいと思える相手がいるはずがない。しかし、芸人たちの言い分もしかりで、エリートコースに参加する女たちの方が若く、美人揃《ぞろ》いだということは否定できない。この辺の駆け引きは難しいところだ。

テレビ画面はスタジオに切り替わった。

――おもしろそうだけど、わたしはやっぱり、こういうところで結婚相手を捜すのはイヤだな。自然に出会って、友だち、彼氏、結婚、って少しずつ距離を縮めていくのが理想ですね。

たいして可愛《かわい》くもないタレントが、わかったような口をきく。こういうヤツらがいるせいで、お見合いパーティーはもてない男女が集う場だと、世間から誤解を受けるのだ。

自然に出会う、と簡単に言うが、社会的に自分が所属する場の男女比が、半々である場合にしか成立しないのではないか。もちろん個人の資質もあるから、俺なら、七対三くらいまでいけるかもしれないが、残念ながら、俺の職場である自動車整備工場の男女比は九対一、いや、十対〇だ。たった三人の女性は、社長の嫁、姉、妹のおばさんトリオなのだから。全員既婚者だが、独身であっても対象外であることには変わりない。

朝から晩まで職場で過ごし、休日は体力を回復させるため、ほぼ寝て過ごす。余力がある日はドライブがてら釣りに行くが、出会うのはおっさんばかりだ。自然な出会いなど、待っているあいだに寿命が尽きてしまうだろう。

男ばかりの職場があるのだから、当然、女ばかりの職場もある。

お見合いパーティーとは、そういった職場に所属する勤勉な男女が集う場なのだ。テレビ局も晩婚・少子化を問題視するなら、こういったパーティーをもっと支援するべきなのに、笑いのネタにするとはどういうことだ。

と、かつての俺なら、だんだんむかっ腹が立ってくるところだが、今日の俺は、パーティー参加者の中にも勝ち組・負け組がいるよな、と余裕をかますことができる。

テレビ画面は、再びパーティー会場へと切り替わった。

前半のトークタイムが始まる。参加者が全員と顔合わせできるように、一人につき九十秒のローテーション方式でおこなわれる。ベルが鳴ったら、男は一つずつ右の席にずれていくのだ。お笑い芸人たちは、相手が代わるたびに、持ちネタを精一杯披露しているが、これではダメだ。

俺もパーティーに参加し始めた当初は、参加女性約三十人全員に、真剣に自己紹介をしていたし、相手の自己紹介にもしっかりと耳を傾けていた。だがそうすると、十人目を過ぎた辺りから、個々のデータを頭の中で整理しきれなくなり、後半数人などは、何を話したのかまったく記憶に残らないという状態になってしまうのだ。

そうなると、後半のフリートークの時間に、お目当ての女と同じテーブルにつけても、趣味は何だと言ってたっけ？　と思い出しているうちに、別の男に割り込まれてしまう。

全員と真剣に話す必要はない。ターゲットを数人に絞り、その女たちとだけしっかりと集中して会話をし、あとはのらりくらりとかわしていればいい。それに気付いてからは、会場に入るとまず、女たちを品定めし、四、五人に絞っていたが、前回のパーティーではたった一人にしか目が留まらなかった。

それが、美和だ。

――ピンポン。

ドアフォンが鳴った。こんな安っぽい音だったか？　と首をひねるほど、来客は久しぶりだ。午後十一時をまわっているというのに、いったい誰だろう。もしかすると美和だろうか。急に会いたくなってとんできちゃった、なんてな。

家賃四万円のアパートには、ドアスコープもチェーンもついていない。外開きのドアを十センチほど開ける。女が立っていた。二十代前半、いや、まだ十代だろうか。おかっぱ頭で俯《うつむ》く顔に、まったく見憶えがない。このアパートの住人だろうか。連れがいるかもしれないと、ドアを全開にしたが、二階通路に灯《とも》る薄明かりの中、立っているのは彼女一人だった。

「どなたでしょうか？」

訊ねると、女は辺りを窺うようにゆっくりと顔を上げ、黒目がちな小さな瞳（ひとみ）をこちらに向けた。

「あたしは昼間の雀です」

小さいが高くよく通る声で女は言った。何のイタズラだと辺りを見渡したが、こちらの様子を窺う人の気配はしない。

「飼い主の方ですか？」

インコやカナリアならともかく、雀を飼うとは考えられないが、念のため訊《き》いてみた。

「違います。信じてもらえないかもしれないけど、雀です」

頭のおかしい女が、昼間、俺が雀を助けたのをたまたま見かけて、後をつけてきたのだろうか。茶色いワンピースと黒いズックで雀らしく装えば、俺を騙《だま》せるとでも思っているのだろうか。

黙ってドアを閉めてしまいたいが、突然逆上されても困る。俺はカウンセラーではないが、適当に話を合わせてやれば、満足して帰るだろう。

「そうですか。で、雀さんが何のご用でしょうか」

「命の恩人であるあなたさま……あの、お名前は？」

「古谷《ふるや》治だ」

名乗るのはヤバいかと思ったが、ドアの横の郵便受けには名前が貼《は》ってある。

「古谷さんにお礼がしたくて、やってきました」

「それはそれは。しかし、お気遣いなく。たいしたことじゃない」

「あたしにとってはたいしたことです。命を助けてもらったおかげで、大好きなお兄ちゃんの結婚式に出席することができました」

「雀にも結婚式があるのか？」

「ええ、もちろんです。うっかり遠出をしてしまい、急いで向かっていたので、硝子の壁にぶつかってしまったんです」

「結婚式はどうだったんだ？」

「すばらしかったです。お兄ちゃん、いい相手にめぐりあえて本当によかった」

頭のおかしい女のでたらめ話だとわかっていながらも、好感が湧《わ》いてくる。雀が互いの左の羽に指輪をはめる想像などしてしまった。人生最良の日の夢物語として、とことんつき合ってやるのもいいだろう。

「それで、お礼とは？」

「あたしは神様にお願いして、一週間だけ、人間の姿に変身できるようにしてもらいました。だからそのあいだに、古谷さんが幸せになれる頼みを、あたしに何でも申しつけてください」

女は薄っぺらい胸を張って言った。何でも、と若い女に言われたら、よからぬことも考えてしまうが、こんな小柄で貧弱なからだでは、とてもじゃないが楽しめる気はしない。そのうえ、こんな得体の知れない女と関係を持ってしまったことが美和に知られ、婚約破棄でもされたら、その時点で人生終了だ。

しかし、何かしら頼まなければ、女は納得しないのだろう。

「じゃあ、俺の婚約者が今一番欲しがっているものを調べてきてくれ。来月、誕生日なんだ」

かなり遅い時間まで、彼女の好きそうな店を見て回ったが、これだ、というものを見つけることができなかった。何が欲しい？　と訊くのもいいが、こちらが黙って用意したものが、一番欲しいものだったという方が、美和も感激するだろう。

どうしてわかったの？

きみのことなら俺はなんでもお見通しさ、なんてな。

「わかりました。やってみます。婚約者さんのお名前とお住まいを教えてください」

女は張りきった口調でそう言った。

「名前は山城《やましろ》美和。住まいはF町なんだが、詳しくは知らない。彼女は結婚前に男を部屋に上げるような、軽々しい女じゃないんでね」

「それは厳しいですね」

「無理ならいいさ。もともと、雀の恩返しなんか期待しちゃいない」

からかうようにそう言うと、女はむっとしたように頰《ほお》を膨らませた。

「やります。F町に住む山城美和さんの一番欲しいものですね。絶対に調べてきます」

女は右手の親指を立ててニッと笑い、俺に背を向けた。が、すぐに振り返る。

「言い忘れましたが、あたしは一週間ずっと人間の姿でいるわけではありません。雀と人間と使い分けができるんです。美和さんの様子を高いところから観察することもできますし、きっとお役に立てますよ。それでは、おやすみなさい」

女は再び背を向けると、今度は振り返ることなく通路を進み、足音を響かせて階段を降りていった。あとをつけてみたい気もするが、頭の中の危機感知信号が、やめろ、とサインを出す。

ドアを閉め、施錠した途端、つけっぱなしのテレビの音が耳に飛び込んでくる。お見合いパーティーはまだ続いていた。それほど時間は経《た》っていないようだ。

俺は夢でも見ていたんだろうか。ぬるくなったビールを飲み干し、テレビを消すと、敷きっぱなしの布団に潜り込んだ。

チイチイ、パッパ、の雀女か……。

待てよ、大事なことを忘れていた。美和にメールを送らねば。携帯電話を開いたが、美和からのメールはない。栄養士の資格をとるまで、願掛けのためにメール断ちをしているのだから。今夜も猛勉強しているのだろう。

——遅くまで、勉強お疲れ様です。今日はすばらしい日でした。おもしろい話があるので、また今度、食事でもしましょう。おやすみなさい。

少し堅すぎたか。

火曜日

汗まみれのからだをシャワーで流し、録画していたナイターを見ようとリモコンを操作すると、どういうわけかグルメ番組が始まった。チャンネル設定を間違えてしまったようだ。思わず舌打ちしたが、京野菜をおいしくお料理していただきましょう、と最近注目している女子アナがエプロン姿で出てきたので、そのまま見てやることにした。目元が少し美和に似ている。

俺の目の前には弁当屋のノリ弁当、定番ディナーだ。

ディナーといえば、俺ならがっつりと肉を食いたいところだが、やはり女は野菜を使ったチマチマとした料理の方が好きなのだろうか。手間の割には、まったく腹にたまらなそうな料理が出来上がる。なんと、このボリュームでたったの一〇〇キロカロリーです。どうやら、グルメ番組ではなく、健康番組だったようだ。

健康の基本は毎日の食生活にあります。

――治さんに、毎日、おいしいだけじゃなく、健康的な食事を作ってあげたいの。

もうすぐ弁当屋の弁当生活ともお別れだ。美和の手料理は楽しみだが、たまには焼き肉やラーメンが恋しくなるだろう。こっそり隠れて食べるのもいいが、美和は我を張るような女ではない。今日だけ特別よ、と二人で気取らない店に出て行くこともあるのではないか。

だがやはり、初めのうちは、美和の勉強の成果を存分に発揮させてやらなければならない。そのために、こちらも授業料を援助してやっているのだから。

百万で一生分の健康的な食生活が保証されるのなら、安いものだ。

立ち上がり、台所に向かうと、ドアの外が気になった。時計は午後十一時をまわっている。

雀女は今夜もやってくるだろうか。

プッと、一瞬、本気で期待した自分を笑い飛ばす。あれは夢だったのだ。近頃、めっきり酒に弱くなってしまった。

美和にも、食事の栄養バランスより先に、酒を控えるよう注意されるかもしれないが、こればかりはやはり譲れない。冷蔵庫から焼酎《しょうちゅう》のパックを取り出し、部屋に戻る。

ノリ弁当にはやはり、これが一番だ。

水曜日

風邪でも引いてしまったのだろうか。外にいるときはどうということもなかったが、アパートに帰った途端、頭がぼんやりとしはじめた。いつも通り弁当は買ったが食欲はない。電子レンジで温めた日本酒を一杯呷《あお》り、まだ九時前だが布団に入った。

――ピンポン。

ドアフォンが鳴った。起き上がるのも面倒で、ほうっておこうと思ったが、立て続けに鳴る高い音に根負けしてしまう。うるせえんだよ、繰り返し鳴らしやがって、オウムか！と毒づき、ハッとした。

ドアを開けると、雀女が立っていた。

おとついと同じ、茶色いワンピースに黒いズック姿だ。

「こんばんは」

大きくはないが、張りのある高い声で雀女が言った。

「また来たのか」

「当たり前じゃないですか。約束しましたもの。美和さんの一番欲しいもの、調べてきましたよ」

胸を張って言う。正体が雀だとは信じ難いが、本当に要求を聞いてくれたのなら、有り難い。

「なんだ」

「鈴木《すずき》崇史《たかし》さんです」

聞いたこともない男の名前だ。

「俺の要求を、聞き間違えてないか？」

「F町に住む山城美和さんの、一番欲しいものですよね。間違いありません。鈴木崇史さんです。あたし、ちゃんと調べましたもん。昨晩、七時頃、美和さんのマンションに鈴木さんがやってきたんです。食事をして、交尾をしたあと、鈴木さんが美和さんに、もうすぐ誕生日だが何が欲しい？って訊いたら、美和さん、あなたが欲しい、って言ってました」

「でたらめを言うな」

「違います。美和さんがそう言うのを、ちゃんと聞きました」

「どこで？」

「美和さんのマンションの部屋のベランダで。言ったじゃないですか、この一週間は人間と雀の姿を使い分けられるって。雀で聞いていたんです。こう見えて、耳はよく聞こえるんですよ」

こう見えて、と言われても、ただの若い女だ。しかし、女だからとはいえ、他人の部屋のベランダに潜《ひそ》み、聞き耳を立てるのは難しいだろう。だからといって、雀であるはずがない。やはり、常識外れの若い女にからかわれているだけなのだ。

「いたずらにしては、ほどが過ぎるぞ。美和は栄養士の勉強をするために、夜間の専門学校に行ってるんだ。平日の夜七時に部屋にいるはずがない。それに、俺という婚約者がいるのに、他の男と会うわけないじゃないか」

「おかしいですねえ。というか、これじゃあ恩返しになってませんよね。古谷さん、ちっとも嬉しそうじゃないもの」

「こんなことを聞かされて、嬉しいはずがないだろう」

「すみません。まだ日はあるので、別のことを頼んでくれてもかまいませんよ」

雀女が細いなで肩をさらに落とし、しゅんとした様子で言う。俺をからかおうとしているようには見えない。

「おまえは俺に不安要素を与えたんだ。それをきれいにぬぐい去るために、もう一度、美和のことを調べてこい」

「一番欲しいものですか?」

「生活全般的にだ」

「わかりました」

雀女はつぶやくようにそう言うと、背中を向け、とぼとぼと歩き去っていった。

人を不愉快な気分にさせやがって。湯飲みに注《つ》いだ日本酒を電子レンジにかけ、食う予定のなかった魚フライ弁当を開けた。

美和に男がいるはずないではないか。俺たちは相性ぴったりなのに。

九十秒のローテーショントークで、美和は俺の職業を訊いてきた。自動車関係だと答えると、「わたし、運転得意なんです」と自分の車の話をし始めた。

ドライブが好きだという女は珍しくないが、ほとんどは助手席に乗るという意味でだろう。だが、美和は運転するのが好きなのだと言った。自分もドライブは好きだと俺が言うと、「交代しながらだと、うんと遠くへ行けますね」と手を打って嬉しそうに言った。

ターゲットにしていた女性と出だしから話が盛り上がり、もしやいけるのでは、と期待したものの、中間発表まではやはり気が気でなかった。

ローテーショントーク終了後、男女ともに印象のよかった人の番号を三つ書いて提出しなければならない。それを事務局はすばやく集計し、前半終了後の中間発表として、それぞれに配る。何番の女が自分の番号を書いたかがわかるのだ。

トークが盛り上がったからといって番号を書かれるわけではないことは、よくわかっていたつもりだ。だが、期待しながら開いた紙に美和の番号がなかったときは、心底がっかりした。このまま帰ってしまおうかとさえ思った。後半はフリートークだ。自分の番号を書かなかった女にへいこらしながら話しかけたいとは思わない。

しかし、立食パーティー形式なので会費分は食って帰ろう、と思い直し、後半が始まると、皿にサンドイッチやから揚げを山盛りにして、一番端のテーブルについた。

そこに、なんと美和がやってきたのだ。

――わたしの番号、書いてくださったんですね。ありがとうございます。わたしも古谷さんの番号を書こうと思ったんですけど、わざとやめました。ここって、カップル成立したら、あとで礼金を請求されるって、以前参加した知り合いに聞いたんです。だから、出会いの場としては利用させてもらうけど、カップルになるのは事務局に秘密で進められないかな……とご相談にきたんですけど、わたしじゃダメですか?

俺は美和からの提案に、右手の親指を立てて答えた。パーティー終了後に会場から離れた喫茶店で落ち合う約束をし、フリートーク中は食事に徹し、最終的につき合いたい相手の番号を一人書く際も、別の男と盛り上がっていた女の番号を書いて提出した。

まるで、いたずらをした子どものような笑みを浮かべて、俺たちの関係は始まった。

それから、三ヶ月。

美和に他の男の気配を感じたことなど一度もなかった。俺はどちらかといえば、神経質なタイプだ。相手の表情やしぐさ、言葉の受け答えで、嘘《うそ》を見抜く自信はある。そんな俺が一度も疑わなかったのだ。

もしや……。

雀女は美和の知り合いなのではないか。俺の男としての度量を計るために、美和がわざと送り込んできて、別の男の話をさせたのではないだろうか。

男の名字が鈴木という、いかにも偽名っぽいところが、その証拠だ。

いたずらはほどほどに、とメールを送ってやろうか。いや、俺はそんな度量の狭い男ではない。このまま、騙されたフリをしてやろう。

布団に寝転がると、からだの節々が痛み始めた。やはり風邪に違いない。

木曜日

一日中寝ていれば体調も回復するのだろうが、やらねばならないことが山積みで、休むどころかいつもの倍、からだを酷使しなければならなかった。弁当屋に二人客が並んでいるのを見て、買いに入る気力を失うほど、からだはダウンしている。

買い置きしていたカップうどんをビールでむりやり胃に流し込み、食い物は送り込んだからな、とからだに言い聞かせると、少しばかりは納得してくれたようだ。

——ピンポン。

ドアフォンが鳴った。雀女だろうか。まるであいつに会うために立ち上がる気力をつけたようだな、と苦笑しながら、ドアを開けた。

やはり、雀女だった。また同じ服を着ている。初めから薄汚れていたせいか、ずっと着たきり雀なのか（おおっ！）、同じ服を数枚持っていて着回ししているのかはわからない。

「こんばんは」

雀女はいつもと同じ声で挨拶《あいさつ》をした。

「その衣装は、誰が考えたんだ」

訊ねられた意味が理解できないのか、雀女は少し首をかしげて考えるそぶりをした。演劇の心得があるのか、本物の雀を思わせるような動きだ。

「あたしの服のことですか？　訊かれるまで意識しなかったけど、人間の姿のときはこの服を着てますね。靴も。神様のイメージなんでしょうかね。雀が人間になったらこんな感じだろうっていう。せっかく人間になれたんだから、もう少しきれいな服を着てみたい気もしてきたけど、お金を持ってないので無理です」

雀女はくそまじめな顔で答えた。

「もし俺が、恩返しに金をくれと言ってたら、どうするつもりだったんだ」

「困った質問ですね。古谷さんはそういうことを要求する人じゃないと思うけど、もし頼まれたら、泥棒とかしますかね。捕まりそうになったら、雀に戻ればいいだけだし、心は痛むけど、そんな大変なことじゃないと思います」

確かに、雀に戻らなくとも事情を話せば、別の理由で無罪にしてもらえそうだ。

「すごい発言を聞いたような気がするが、俺はそんなことは要求せんよ。ここに来たということは、美和について調べてきたんだろう？」

「はい。今日一日、ぴったりと張り付いてきました」

「ほう、それで？」

「まず、美和さんは専門学校には通っていません」

「どうしてそんなことがわかる」

「電話で鈴木さんに、夜間の栄養士専門学校に通ってることにしてるから大丈夫よ、って言ってました」

「また、鈴木か。じゃあ、美和はいったい何をしているんだ」

「昼間は小さな食品会社の事務をしています。鈴木さんはそこの親会社で課長さんをしています。つき合って二年だそうですが、鈴木さんには奥さんと娘さんがいるみたいです。ああ、脱線しました。美和さんのことですよね。晩は鈴木さんと会ったり、ぶらぶらと買い物をしていたり。あたしが観察し始めて、夜間の専門学校に通った日なんて一日もありませんよ」

では、俺が授業料として渡した金は何だったんだ。

――わたし、夢があるの。昔から料理だけは得意だったんだけど、ただ、おいしく作るだけじゃだめだなって、最近になってようやく気付いて。自分のためにならそれでもいいけど、大切な人に食べてもらうなら、健康のこともちゃんと考えなくちゃだめでしょう。だから、三十過ぎて学校に通うなんて恥ずかしいけど、勇気を出して、夜間の栄養士専門学校に通うことにしたの。でも、わたしの安いお給料じゃ、授業料だけで精一杯で、実習費とか、教材費とか、ぜんぜん足りなくて、やっぱりあきらめなきゃいけないのかな、って悩んでるところ。治さんのために、からだにいいものを毎日作ってあげたいなって思うけど、勉強不足で見当違いなものを作ってしまったらごめんなさい。でも、一番大切なのは愛情よね。それは、勉強しなくても大丈夫っていう自信があるわ。わたしの料理、毎日食べてくれる？

美和の真摯《しんし》な気持ちに心を打たれ、俺は彼女に、学校を辞めるべきではないと説得し、資格をとるまでに必要な金は自分が援助すると約束した。ひと月前のことだ。

俺の渡した金では足らず、謙虚な美和はもう少し援助してくれと俺に言い出せず、学校を辞めてしまったのだろうか。辞めたあとで、こちらの方が俺を裏切る行為だということに気付き、本当のことを打ち明けられずに、学校に行き続けているフリをしているのではないか。

料理の勉強をしていたというのは確かなはずだ。一度、美和の車でドライブに行ったことがある。そのとき彼女が作ってきた弁当はとても手が込んだものだった。一日に必要な野菜を、このお弁当で全部とることができるのよ。しかも、カロリー控えめ。だから、残さず食べてね。残すどころか、弁当箱をなめてしまいたいくらい美味《うま》かった。素人にできるワザではない。

しかし、栄養士専門学校とはそれほどに金がかかるものだろうか。俺も高校を出て自動車の専門学校に通ったが、金に関して親から愚痴を言われた憶えはない。

もしや、美和は鈴木という男に騙されて、金を巻き上げられているのではないか。雀の言う通り、美和と鈴木は不倫をしていたのかもしれない。だが、俺に出会い、美和は鈴木に別れを切り出した。家庭を壊した代償だなどと、手切れ金を要求されたとしたら。

美和は自分で俺に打ち明けることができず、知り合いであるこの雀女に頼み、俺に事実を気付かせ、助けを求めようとしているのではないか。

「おい、雀」

「何でしょう？」

「これで恩返しは終わった、とは思ってないよな」

「そうですね。古谷さんはちっとも嬉しそうじゃないし、期限もまだあるので、何なりと申しつけてください」

「じゃあ、鈴木のことを調べてくれないか。俺の想像するところ、あいつには借金があるんじゃないだろうか。それから、カメラを貸してやるから、美和と鈴木が一緒にいるところを撮ってきてくれ。もし、鈴木が美和を脅迫しているのだとしたら、こちらも不倫をネタに鈴木を脅迫し返すまでだ」

「わかりました。雀の状態じゃカメラを持てないので、ずっと人間でいますけど、そうなると、行動範囲が制約されてくるんですよね。飛べませんもん。でも、古谷さんの頼みなら仕方ありません。がんばってきます」

雀女は右手の親指を立ててみせた。俺は部屋の奥からデジカメを持ってきて、雀女に渡した。使い方を教えてやる。念のため、俺を一枚撮らせてみたが、なかなかいいできだ。雀女を撮ってやろうとカメラを向けると、さっと取りあげられた。

「残念ですが、この姿を形に残しちゃダメなんです。じゃあ、カメラをお借りしますね。おやすみなさい」

雀女はデジカメのストラップを右手の人差し指にかけ、くるくると回しながら、歩いていった。

「おい、壊すなよ」

声をかけると、雀女はこちらに背中を向けたまま、今度は、左手の親指を立て、頭の横でひらひらと振った。

金曜日

雀女は午後十一時過ぎにドアフォンを鳴らすと、得意げにカメラを俺に差し出した。

「まずこれが、F町＊＊三—二にある美和さんの住んでいるマンション。部屋は二〇二号室です」

画面を操作する俺の隣で、雀女が解説を加える。もう少し質素なマンションに住んでいると思っていたのだが、画像を見る限り、なかなか高級なところのように見える。

駐車場に停《と》まった美和の車。そこから降りてくる美和と……。

「これが鈴木さんです」

雀女が指をさす。遊び人風の男を想像していたが、七三分けの髪に銀縁の眼鏡、見るからに真面目《まじめ》ぶった、お見合いパーティーのエリートコースにうようよといそうなタイプだった。

肩を寄せ合い、部屋に入っていく二人。日付と時刻を表示する設定にしていたのだが、画面の端には今日の日付と午後八時二十分という時刻が表示されている。専門学校の授業は午後十時まであるのではなかったのか。

今も二人でいるのだろうか。

「それから、この鈴木さん、古谷さんの予想通り、あまり評判のよくない消費者金融に借金がありました。金額は三百万。大きめの会社の課長さんなんだし、貯金とかでどうにか返せそうな金額だけど、競馬で作った借金だから奥さんには相談できないみたいですね」

「そんなこと、どうやって調べたんだ」

「車の中で二人が話してたんです。実はあたし、車の中に潜んでいたんですよ。こういうとき、雀はやっぱり便利ですね。カメラには困りましたけど、ストラップをからだに巻き付けたら、どうにかなりました」

「他にどんな話をしていたんだ」

「ちょっとまってくださいね」

雀女はデジカメを動画機能に切り替えた。画面は真っ暗だが、ボソボソと低い声でしゃべる男の声が聞こえる。

——頼めるのは美和だけだ。借金を全部返済したら、妻と別れる。

三度繰り返して聞いた。やはり、美和は金のために、鈴木に利用されているのだ。

「おい、他に動画機能で撮ったものはないのか」

「これだけです。間違えてボタンを押したらこうなったので」

「そうか、よくやったぞ。俺はこれを持って明日の朝、美和に会いにいく。美和を鈴木から解放してやるんだ」

「あたしは古谷さんに恩返しできたことになるんですね」

「感謝している」

「じゃあ、お別れですね」

雀女は黒目がちの小さな瞳を潤ませて、俺を見つめた。寂しく、切ない。女からこんな目で見られるのは初めてだ。本当に美和の知り合いなのだろうか。美和に頼まれて俺に近付いてきたのなら、こんな目では見ないはずだ。

以前から俺に好意を寄せていて、近付くタイミングを窺っていたのではないだろうか。だとしたら、俺はこの女に酷な要求をしたことになる。

恩返しをしたいと言って、俺に近寄ってきたこの雀女は、もっと別のことを要求して欲しかったのではないか。昔話なら、俺の嫁になれ、だ。それなのに、俺は自分の婚約者、美和のことばかりを頼んだ。こんなはずではなかったのに、という気持ちがあったかもしれない。それなのに、雀女はけなげに俺の要求を聞き入れ、果たしてくれた。

「ありがとう」

年を取るに連れ、心の中では思っても、口に出すことのなくなっていた言葉が、自然と出てきた。

「どういたしまして」

美和のように色白ではないが、皺《しわ》一つないつやつやとした顔を輝かせて雀女は答えた。

「うまい酒があるんだが、上がって一緒に飲まないか」

「いいんですか？」

嬉しそうに声を弾ませる。部屋に上げてやると、雀女はテーブルの前にちょこんと座った。そこに座られてはテレビが見えないが、点《つ》ける必要もない。客用のグラスに冷蔵庫で冷やしたとっておきの辛口の日本酒を注いでやると、両手でゆっくりと持ち上げ、ほんの少しだけ舐《な》めるように口をつけた。

「おいしい！」

声を上げ、雀女はごくごくと勢いよく飲み干した。

「おいおい、もっと大事に飲めよ」

そう言いながら、俺も自分のグラスになみなみと注いだ酒を一気に呷り、飲み干した。雀はさらにもう一杯、俺もさらにもう一杯。気分が良くなったところで、肩でも抱いてやろうと雀女に手を伸ばすと、雀女は俺の目の前で雀の姿に戻った。

チイチイパッパと鳴きながら、ふらふらと部屋中を飛び回る。

おまえ、本当にあのときの雀だったんだな……。

その夜は不思議な夢に酔いしれた。

土曜日

朝、目が覚めると、雀の姿も、雀女の姿も、見当たらなかった。

オリーブ色のどっしりとしたドアの前に立ち、俺はドアフォンを鳴らした。

スピーカーから美和の声がした。俺だとわかったということは、カメラが付いているのだろう。

『古谷、なんでっ』

少し接近しすぎたか。二歩後ろに下がる。

ドアが開き、美和が顔をのぞかせた。寝ぼけているのか、婚約者がやってきたというのに、チェーンをかけたままだ。いや、驚いているのだろう。俺は美和のマンションを知らないはずなのだから。しかし、どうやって知ったかなど説明している場合ではない。それは事が解決してからだ。

「だ、大事な、話があるんだ」

「だからって、突然来られても困るわ。いったい、どうしたの？」

「た、他人に聞かれたら、困るから、な、中に入れてくれないか」

美和は薄く開けたドアから、そっと顔だけ出して辺りを見回すと、すばやくチェーンを外して俺を中に招き入れた。ドア越しには気付かなかったが、美和は上下灰色のスウェットを着ている。髪もぼさぼさで化粧もしていない。だから、俺にこんな姿を見られてしまったと、少し不機嫌そうなのか。

フローリングの八畳間に通される。テーブルの上には使用済みのマグカップが二つ、並べて置いてある。鈴木は昨夜ここに泊まったのだろうか。朝、二人でコーヒーを一緒に飲んだのだろうか。黙って見ていると、美和が慌てて取り上げ、台所へ運んでいった。

「コーヒーでいい？」

声がうわずっている。

「お、おかまいなく」

答えながら、室内をすばやく見回した。隣にもう一部屋あるようだ。もしや、鈴木がいるのではないか。それでも別に構わない。真実を暴くまでだ。

美和が盆にコーヒーカップを乗せて、戻ってきた。愛らしいハート模様がちりばめられたペアのマグカップではない。いかにも客用の、白い無地のカップを目の前に置かれる。皿が敷いてあるだけマシか。添えられたミルクと砂糖を両方入れ、金色のスプーンでぐるぐるとかき回しながら訊ねた。

「せ、専門学校、辞めたの？」

「どうして？　毎晩通っているわ。そんなことを確かめに来たの？」

小さなテーブルを挟んで向かいに座った美和は、平然とした顔で答えた。

「ほ、本当は、その時間、お、男と会ってるんじゃないのか？」

「ひどいわ、そんな言い方。わたしを疑ってるの？」

「き、昨日は学校に行ったのか？」

「ええ、行ったわよ」

嘘をつくな、と頰をはり倒してやりたい衝動に駆られたが、ぐっとこらえ、無言でジャンパーのポケットから写真を取り出し、テーブルの上に置いた。美和の顔が強《こわ》ばる。

「が、学校がある、時間じゃないのか？」

「何がしたいの？」

美和は俺の質問には答えず、睨《にら》み付けるようにこちらを見ながら、冷たい声を投げかけた。

「み、美和さんは、この男に、脅迫されているんじゃ、ないのか？」

「どういう意味？」

「こ、この男、鈴木崇史には、借金が三百万円ある。そ、それを、美和さんが、不倫の代償に肩代わりさせられているんじゃないのか」

身を乗り出すと、美和は座ったまま後ずさった。

「あんた、気持ち悪い」

「え？」

「こそこそと、わたしのことかぎまわって、鈴木さんの借金のことまで調べて、おまけに証拠写真まで用意して。どうしようっていうの？」

「み、美和さんを、助けたいんだ。お、俺と結婚するんだろ？　でも、鈴木が別れてくれなくて、困ってるんじゃないのか？」

凍り付いたように固まっていた美和の顔がわずかにゆるむ。俺の言葉が彼女の心に染みこんでいるのだろうか。

「ごめんなさい……」

美和はつぶやくようにそう言って、俯いた。

「鈴木とはずっと別れなきゃって思ってたのに、一人になるのは寂しくて。勇気を出してお見合いパーティーに参加したら、あなたに出会った。でも、鈴木は別れに応じてくれなくて。それどころか、知らないうちに裸の写真を撮られていて、これをネットに公開されたくなければ、三百万円で買い取れって脅されて。でも、あなたに相談することもできなくて。だって、わたしが不倫をしていたのは事実だもの。そんなことをあなたに知られたら、もう終わりだと思って……」

美和の目から、涙がひとすじこぼれた。

「せ、専門学校は？」

「鈴木にそう言って騙せって言われたの。ごめんなさい」

白い頬を伝う涙を見ながら、腸《はらわた》が煮えくりかえるような気持ちと安堵《あんど》の気持ちが同時に湧き起こる。やはり、俺が想像していた通りだった。

「い、いいんだ。写真は俺が三百万で買い取る」

「ダメよ、そんなこと……」

「そ、それで、幸せになろう」

テーブルに投げ出すように置いている美和の両手を、俺の両手で包み込んだ。初めて触れる美和の手は氷のように冷たい。もうすぐ全身を温めてやるのだと、両手にさらに力を込めた。

日曜日

――ピンポン。

美和の潤んだ瞳と冷たい手を思い出しながら、焼酎の湯割りを飲んでいると、ドアフォンが鳴った。時刻は午前零時過ぎ。もう日付がかわっているではないか。

ドアを開けると、雀女が立っていた。

「こんばんは」

「何だ、おまえ。また来たのか」

「プレゼントしたいものがありまして」

雀女が差し出したのは、小型のレコーダーだ。

「どうしたんだ、これは」

「泥棒しました。何日か前にそんな話題になったでしょ」

雀女が悪びれる様子なく言う。

「盗んだものをプレゼントされてもなあ」

「受け取ってくれなくてもいいので、録音しているのを聴いてください」

雀女に促され、再生ボタンを押した。

――あいつ、帰ったのか?

男の声、鈴木だ。

――鼻歌歌いながら帰っていったわよ。

――でも、あいつ、ヤバくないか?

――指輪を換金したら、ストーカーで訴えちゃおうと思ってたけど、まさか、自分で隠し撮りした写真まで持ってくるとはね。証拠品に使ってくださいって言ってるようなもんじゃない。でも、三百万くれるって言うし、それで訴えると面倒なことになりそうだから、手っ取り早く、さよならドライブにしようかな。二、三杯飲んだだけで、ぼうっとして足元ふらふらさせてるから、簡単よ。

——また、ヤルの？　残念だな。もっと絞り取れそうだったのに。

——潮時よ。あんな、五十過ぎの、鼻をかんだあとのティッシュみたいなくたびれたおっさん、たとえカモでも、顔を合わせるなんてうんざりよ。会話もろくにできないのに、時々、自信満々な顔してニヤニヤ笑ってるの。おかしな想像でもしてるのかしら。気持ち悪いったらありゃしない。

——それでも、地味にコツコツ金貯めてここまで生きてきたのに、美和に会ったのが運の尽きだな。

——最後にいい思い出ができて、幸せだったでしょ。

——なら、キスぐらいしてやれよ……。

会話が途切れ、ぶちゃぶちゃと気持ち悪い音が聞こえる。雀女が停止ボタンを押した。

「ごめんなさい。声を録《と》ってきたら褒めてくれたから、嬉しくて、期限いっぱいお役に立ちたいと思ったんですけど、古谷さん、今、とっても悲しそうな顔をしてる。昨日でお別れしておいた方がよかった」

「いや、謝る必要はない」

鼓動が速まるのを、深呼吸を繰り返して必死で抑え、平静な顔を取り繕って言った。俺を支配しているのは絶望感だが、雀女が謝ることではない。むしろ、真相を暴いてくれたことに、礼を言わなければならないのだろう。

「警察に訴えたらどうですか？」

「いや、そんなことをしたら、俺が恥をかく。授業料として渡した金は手切れ金だと思えばいい。だが……。なあ、雀、最後にもう一つ頼んでいいか？」

「何ですか？」

「美和に渡したダイヤモンドの指輪を取り戻してくれ」

「難しそうですね。でも、そうしたら、古谷さんは幸せになれますか？」

「ああ、そうだな」

「じゃあ、喜んで」

雀女はニッコリと笑った。くるりと背を向け、去っていく。愛らしい声で歌を口ずさみながら。

チイチイパッパ、チイパッパ……。

月曜日

とにかく寝させてくれ、と懇願するからだに鞭《むち》打って布団から起き出し、テレビを点ける。週末、交通事故が相次いだというニュースをしているが、ゆっくり見ている余裕はない。一週間とった有給休暇も、もう終わりだ。

台所で食パンをトースターに入れ、グラスに牛乳を注ぐ。朝の定番メニューだ。健康管理など、自分一人で充分やっていける。

――高速道路の横壁に乗用車が激突し、運転席の山城美和さんと同乗者の鈴木崇史さんが死亡……。

美和と鈴木が死んだ？　聞き間違いではないかと、部屋に戻り、テレビを確認する。がすでに、別の事故のニュースが読み上げられていた。

――ドン！

ドアに何かぶつかる音がした。交通事故のことを考えていたためか、衝撃音に心臓が縮み上がる。アパートの住人の誰かがぶつかっただけかもしれないが、気持ちを落ち着かせるためにも、外の空気を吸おうと思い、ドアを開けた。

誰もいない。いや、いた。

ドアの前に、雀が一羽、落ちていた。

多分、あいつだ。一週間前と同じではないか。今度は硝子張りでもないのにぶつかるなんて、そそっかしいヤツめ。俺は両手で雀を拾い上げ、左手に乗せた。

朝っぱらから、何をそんなに急いでいたんだ？

昇ったばかりの太陽が雀を照らす。雀の羽の下で、何かがキラリと光った。ゆっくりと羽を持ち上げる。ダイヤモンドの指輪がはさまっていた。

「おまえ、これを取り返してくれたのか」

右手の人差し指で、雀の頭をつつく。

「おい、目を覚ませ、おい」

雀の頭を、からだを、何度も何度もつついたが、まぶたはぴくりとも動かない。

「おい、雀、おい」

ゆさぶっても、大声で呼びかけても動かない。

おい、雀——俺は胸の内で呼びかけた。

頼む、目を開けてくれ。そして、もう一度、人間の姿になってくれ。それとも、もう約束の期限がきてしまったのか？　俺が助けてやったのは、先週の月曜日の午後だ。雀女になってやってきたのは夜になってからだ。

まだ時間は残っているはずじゃないのか？　それとも……。

おまえを人間に変身できるようにしてくれたのは、本当に神様なのか？　神様は無条件でそんな能力を与えてくれるのか？　あいつはわりとケチだぞ。おまえは悪魔と契約したんじゃないのか？　変身できる能力と引き替えに、自分の命を差し出す、と。

そして、俺への恩返しが終わったら、死ぬことになっていたんじゃないのか？

心なしか、雀が頷《うなず》いたように見えた。

「バカだな、おまえは。俺なんかのために。本当に、バカだ。でも、ありがとうよ」

ダイヤモンドの指輪を雀の左側の羽にはめてやる。

「よく似合うじゃないか」

俺は雀を、指輪をはめたまま、アパートの脇にある名前も知らない木の下に埋めてやった。

＊

一週間後、俺は警察に重要参考人としてよばれた。

事故に遭った美和の車には、急カーブでタイヤが破裂するように細工がされていたらしい。車内から発見された毛髪は俺のものと一致した。一度、美和と一緒にドライブに行ったことがあるのだから仕方がない。

だが、俺が美和にストーカー行為をしていた証拠品として、デジカメやレコーダーも押収されている。これにはどう説明をつければいいのか。

なあ、雀――俺は胸の内でつぶやいた。

警察におまえのことを話そうと思うんだが、果たして、信じてもらえるだろうか。

猫目石

「エリ、エリ、どこ?」

暗闇《くらやみ》から女の声が響く。

大槻真由子《おおつきまゆこ》が声のする方に目をこらすと、マンションの駐輪場の向こう側に、自分より少し若いくらいの女の姿が見えた。吐く息が白く浮かび上がる寒空のもと、薄いブラウスとスカート、裸足《はだし》にサンダルを引っかけただけの出《い》で立《た》ちで、辺りを見まわしながら声を張り上げている。

真由子は片手に下げていたゴミ袋を駐輪場手前のゴミ捨て場に置くと、羽織っていただけのダウンコートのファスナーを閉め、女のもとに向かった。

「あの、誰かお捜しですか?」

「ええ、娘のエリが戻ってこなくて」

近付いてみると、女の顔に見憶《みおぼ》えがあった。マンションの隣室の坂口《さかぐち》だ。半年前に越してきたはずだが、つき合いはまったくなく、娘がいることも今初めて知った。

「エリちゃん、おいくつですか?」

「三歳です」

「そんな小さな子が?　もう九時過ぎてるっていうのに」

「さっきまで、部屋にいたんです。ちょっと目を離した隙《すき》に、出て行ったみたいで」

「よかったら、一緒に捜しましょうか？」

「いいんですか？」

「遠慮しないでください。お隣同士じゃないですか」

「まあ、すみません。わたし、娘にかかりっきりで、お隣がどんな方なのかもまったく知りませんでした。じゃあ、お願いします」

「エリちゃんの特徴は？」

「シルバーの短毛で、淡いブルーの目をしているので、見ればすぐにわかるはずです」

三歳の子どもがシルバーの短毛？　首をひねりかけ、真由子はふと思いついた。

「エリちゃんって、もしや、ワンちゃん？」

「あら、イヤだ。そんなきれいな犬なんていませんよ。猫です。ブリティッシュ・ショートヘア」

どちらでも同じだ。いや、犬の方がまだマシだ。娘だなんてまぎらわしい。だが、それなら部屋に戻ります、とも言えない。それがはっきりと言えるなら、真由子のこれまでの人生における損も、半分以下になっていたはずだ。

「じゃあ、わたしはあっちの植え込みの方を捜してみますね」

「よろしくお願いします。そうだ、エリの正式な名前は、キルマカット・エリザベス三世です。あの子は高貴な性格なので、親しくない方に愛称で呼ばれると無視をするかもしれないから、あなた……えっと」

「大槻です」

「大槻さんは、そちらの名前で呼んでください」

ため息をつきながら、真由子はマンションのエントランスの方へ向かった。

「キルマカット・エリザベス……」

口に出すと、恥ずかしさと情けなさが込み上がり、「三世」をつけることができない。

名前は呼ばなくてもいいだろう、と外灯に照らされた植え込みの中をのぞき込んだ。一週間前に造園業者による整備が行われたばかりなので、余分な枝や雑草もなく、見通しはよいが、猫の姿はない。

「あれ？　ママ」

聞き慣れた声に顔を上げると、娘の果穂《かほ》が立っていた。

「おかえり。今日も遅かったのね」

果穂は部活動に入っていない。

「文化祭前だから。ママこそ、何してるの？」

「お隣の猫がいなくなったらしくて、一緒に捜してるのよ」

「へえ、ネコ飼ってたんだ。知らなかった。うちのマンション、ペットＯＫだもんね。あたしも一緒に捜そうかな」

「いいわよ、風邪ひいちゃうから」

果穂は制服の上からマフラーを巻いているだけだ。

「大丈夫。あたしがネコ好きだって知ってるでしょ。ママが反対して飼ってもらえないから、これを機にお隣さんと仲良くなって、ときどき見せてもらいに行こうかな」

「仕方ないわね……」

「やった。じゃあ、荷物置いてくるね」

飛び跳ねるようにエントランスに向かう果穂を見送り、真由子は再び猫捜しを始めた。

見つけたところで、抱き上げることができるだろうか。

猫が嫌いなわけではない。縁起が悪いのだ。

子どもの頃、近所に猫を飼っている家があり、たまに通学路で見かけることがあった。

普通の三毛猫で、特に気に留めることはなかったのだが、猫を見た日はかなり高い確率で損をする出来事が起こることに、ある日気が付いた。じゃんけんに負けてトイレ掃除の係になったり、給食のバナナがひどく傷《いた》んでいたり、鉛筆の芯《しん》がいくら削っても折れ続けたり、といった、些細《ささい》なことではあったが。

見ただけで損をするのだから、触るなど、ましてや飼うなど、とんでもないことだった。

見つけたら、坂口を呼べばいい。

五分も経《た》たないうちに、果穂は制服姿のまま出てきた。一人ではない。夫の靖文《やすふみ》も一緒だ。風呂《ふろ》上がりに着るスウェットの上下にジャンパーを羽織り、運動靴を履いている。

「危ないから、パパも一緒に捜すって」

「ゴミ捨てにしちゃ、遅いと思っていたんだ」

心配するように靖文は言ったが、真由子は靖文が猫を見たくて出てきたのだということがすぐにわかった。結婚当初、靖文は「猫を飼わないか」と提案したことがある。

——僕が仕事に出ているあいだ、きみが寂しがらずにすむ。

確かに、地方銀行に勤務する靖文は、結婚当初、残業も休日出勤も多く、真由子は寂しい思いをしていた。だが、損をするくらいなら、寂しい方がマシだった。それを靖文に伝えると、笑い飛ばされてしまったが、幸い数日後に、果穂を妊娠していることがわかり、猫を飼うのは見送られた。

靖文もここ数年はきっちりと定時に帰宅する。

「ネコちゃんの名前は？」

果穂が訊《たず》ねる。

「キル……」

名前が出てこなかった。恥ずかしいのではなく、ど忘れだ。近頃、頭の中が一瞬だけ、フッと真っ白になることがよくある。

「キルちゃんね。種類は？」

果穂は猫の特徴を真由子から確認すると、「キルちゃん」と呼びながら、マンションの裏手に進んでいった。真由子と靖文も同じように呼びながら、後に続いた。

マンション裏手は住人専用の駐車場になっており、周囲の植え込みには背の高いポプラの木が等間隔で植えられている。

「ねえ、ネコの声がしない？」

果穂が足を止めて振り返った。耳を澄ませると、ニャーニャーと、小さいがからだ全体から振り絞っているような猫の鳴き声が聞こえた。

「木の上かな」

靖文がポプラの木を見上げる。からだの小さな動物というイメージが先行して、植え込みの陰など、足元ばかりを見ながら捜していたが、猫は高いところに登るという習性があることを、真由子は思い出した。

マンションの建物側から順に、ポプラの木を、一本ずつ見上げていく。と、いきなり真由子の背後から、クラクションの音が響いた。

「危ない！」

靖文と果穂が同時に声を上げる。木のてっぺんが見えるように、じりじりと後退しているうちに、駐車場に入ってきた自動車の前に飛び出してしまったようだ。危うく、敷地内交通事故が起こるところだった。

ぺこりと頭を下げて自動車を振り返った瞬間、真由子はライトに照らされた視界の端に、猫の姿を見つけた。

「いたわ」

駐車場入り口のすぐ横にあるポプラの木のてっぺんに猫が座り、声を上げている。業者の整備で、伸びすぎたポプラの幹もカットされ、頂上はちょうど、猫が座れるように平らになっていた。

「下りられないのかな」

見上げながら、果穂が言う。猫は前足を幹の側面に添わせて前に出し、身を乗り出しては、おびえたようにからだを震わせて元の位置に座り直し、助けを求めるように声を張り上げて鳴いている。

坂口がやってきた。

「エリ！」

叫ぶようにポプラの木に駆け寄り、両手を高く伸ばす。

「名前、違うじゃん」

果穂が小さくつぶやき、真由子を見たが、事情を説明している間はなかった。

猫は飼い主の姿を認め、先程よりも大きく前足を出したせいで、頂上からズリ落ち、三十センチほど下がったところに前足の爪《つめ》のみで引っかかり、さらに激しく、苦しそうに声を上げている。

「ああ、エリ、エリ」

坂口が涙を流しながら、木にしがみつく。どこかではしごを借りることはできないだろうかと、真由子は考えてみたが、どこに頼みに行けばいいのかわからなかった。

「すみません。ちょっと、どいてもらえますか」

靖文が坂口の背後に立ち、木を見上げたまま言った。坂口がポカンとした表情で木から離れると、靖文は運動靴を履いた右足を持ち上げ、足裏を木の幹にぴったりとつけた。傾《かし》ぐ気配はない。

「あなた」

登るつもりなのだろうか。真由子は目を疑った。学生の頃は野球をしていたらしいが、結婚してからこのかた、靖文が運動らしいことをしているのを見たことがない。体型は典型的な中年太り、ビール腹だ。

「パパ、無理だよ」

果穂も声を上げる。しかし、靖文は振り返りもせず、片足を幹に添わせたまま、両手で幹をつかみ、えいとばかりにからだを持ち上げた。同時に、左足も幹につけ、体勢を整えると、両足と両手を交互に動かし、まっすぐに伸びたポプラの木をヒョイヒョイと登っていった。あっという間に頂上に着く。

靖文は片手を伸ばし、猫をつかみ取ると、小脇にかかえ、今度は枝を伝って、器用に下りてきた。

「どうぞ」

猫を坂口に渡す。

「ありがとうございます」

坂口は猫を抱きしめ、何度も頭を下げた。

「いえいえ」

照れながら頭を掻《か》く様子は、いつもの靖文だった。

「パパすごいじゃん。超見直した」

果穂が靖文にすり寄り、腕をとった。真由子よりも靖文になついているようなところがあるが、近頃は加齢臭とビール腹をバカにするようになっていたのに、そんなことはまったく棚に上げてしまった様子だ。

「制服に猫の毛がつくぞ」

靖文が果穂の腕を解きながら、大袈裟《おおげさ》にジャンパーの脇を両手で払う。照れているのだろう。真由子の目にも、靖文の姿が久々に頼もしく映った。

「さわっていいですか?」

果穂が返事を聞く前に、坂口に抱かれた猫の頭を撫《な》でる。

「きれいな目」

うっとりとつぶやくと、坂口は我が子を褒められたように、満足そうに微笑《ほほえ》んだ。

猫を抱いた坂口とは、マンションの部屋の前で別れた。

「本当にありがとうございました」

大槻家のドアの前で、坂口はもう一度深々と頭を下げた。「気になさらないでください」と真由子が微笑み、「エリちゃんバイバイ」と果穂が猫の頭をひと撫でし、「どうも」と靖文が軽く頭を下げた。

「お礼は、必ず」

坂口に言われ、少し期待しながら真由子はドアを開けた。

大槻靖文

マンションのエントランスを出た途端、冷たい風が吹き付ける。足を止め、開けたままのコートのボタンを閉めていると、ふと、背中に視線を感じた。

振り返り、我が家のある四階を見上げたが、誰の姿も見えない。気のせいかと思いながら、視線を隣の部屋に移すと、ベランダの柵《さく》の上に、猫がちょこんと座っているのが見えた。

先日、私が助けた猫、エリだ。ご主人様いってらっしゃいませ、と敬意を込めたような目でこちらを見ている。犬は一生ご恩を憶えているが、猫は三日で忘れると、昔、母親から聞いたことがあるが、エリは二週間経ってもまだ憶えているのだろう。

そういえば、こうやって振り返っても、首にも腰にも痛みを感じなくなった。助けた翌朝から、体の節々が痛み、すべての動作に「よっこらせ」とかけ声をかけ、本を読むのに首をほんの少し下げるのもままならなくなっていたのだが、いつのまにか、痛みはすっかり治まっている。

――果穂や隣のきれいな奥さんに、いいとこ見せようって無理をするからよ。

真由子は湿布薬を貼《は》りながら、あきれたように言ったが、あのときとっさに体が動いたのは、そんな下心があったからではない。かといって、木のてっぺんに必死でしがみつく猫を哀れに感じ、何としてでも助けてやろうと思ったわけでもない。

体が勝手に反応したのだ。

子どもの頃よく通っていた空き地には、大きな樫《かし》の木が一本生えていて、毎日のようにそこに登って遊んでいた。忍者ごっこ、ライダーごっこ、秘密基地、いかなる遊びにも、木登りはついてきた。私がとりわけガキ大将だったわけではない。どちらかといえば、おとなしい部類に入る方だった。

それでも、物心ついた頃には、木に登ることができていた。そもそも、木の上から見える景色や、高い枝にぶら下がり、そこから跳び下りるときのスリルは何十年経った今でも鮮明に思い出すことができるが、木に登る行程を思い出すことは難しい。それほど、意識せずに、あたりまえのようにやっていたことなのだ。

実際に、エリを救助するために登ったときも、何も意識しなかった。下りたあとで、息があがっていることに気付いたくらいだ。

それが、翌朝から体じゅうが一斉に悲鳴を上げ始めるとは、私も年をとったものだ。だが逆に、まだまだいけるのではないかという気もする。まだまだ、まだまだ……。

エリに、「またな」と念を送り、通りに出た。

「大槻さん」

背後から声をかけられる。振り向くと、今度はエリではなく、飼い主の坂口さんが立っていた。エリを助けた翌日に、お礼にと、有名な牧場の乳製品や菓子の詰め合わせを持ってきてくれたのだが、私自身はまだお礼を言えていないままだ。

「おはようございます。先日はどうも」

愛想笑いは久しぶりだが、できる限りにこやかな表情で軽く頭を下げたのに、坂口さんは整った顔の眉間《みけん》に皺《しわ》を寄せ、辺りを窺《うかが》うように見回すと、猫のような忍び足で私の目の前までやってきた。

「大事なお話があるんです」

高い声を限界までしぼったような、だがはっきりと響く、テグスのような声で坂口さんは言った。

「何でしょう」

こちらもつい声を潜め、構えてしまう。

「ああ、でも、こんなこと言ってしまってもいいのかしら」

坂口さんはうなだれるように、両手で顔を覆った。

「言いにくいことでしたら、今でなくて結構ですよ。でも、もし、うちの者が何かお宅に迷惑をかけているということでしたら、遠慮なくおっしゃってください」

三十年ローンを組んで購入したものの、防音設備が完璧《かんぺき》に整った高級マンションというわけではない。果穂が深夜に聴いている音楽のボリュームを下げてほしいというものかもしれない。いや、それより、エリのことかも。

先週末の午後、果穂がベランダ越しに、エリにスナック菓子を与えていた。

――エリちゃん、チーズ味のプリッツが好きなんだ、あたしと一緒。

はしゃいだ声を上げていたのを憶えている。多分、それだ。

「誤解なさらないで。こちらは迷惑なんてまったくかけられていません。むしろ、ご恩を受けたからこそ、言うべきかどうか悩んでいるんです」

「ご恩だなんて。猫を助けたことでしたら、たいしたことじゃありません」

「いいえ。ご主人があのとき木に登ってくれなければ、娘は、エリは力尽きて落下して、そのまま死んで……。ああ、想像しただけで目眩《めまい》をおこしてしまいそう。そうだわ、大槻さんのご家族みんなに感謝してるけど、助けてくださったのはご主人だもの。奥さんを裏切るようで話すのに抵抗があったけど、やっぱり、ご主人のために、ちゃんとお伝えしなきゃいけないわ」

顔を覆ったままの坂口さんは、指のあいだから私の様子を窺いながらテグス声でつぶやくと、両手を離し、キッと顔を上げた。

「わたし、見たんです」

強い語調に、テグスで首を絞められたかのように、ビクリと震え上がってしまう。

もしや、あのことではないだろうか。

恐る恐る見返すと、黒目の部分が青みがかって見える丸い目が、まっすぐ私に向けられていた。ベランダから私を見ていたエリと同じ目だ。鼓動が速くなるのを感じ、あわてて大きく息を吸った。

「何を、ですか?」

使い古したビニール紐《ひも》のような、かすれた声しか出ない。

「奥さんが」

真由子が？　なんだ、あのことではない。ためこんだ息を一気に吐き出してしまう。

「万引きをしていました」

「はい？」

はっきりとした声なのに、よく聞き取れなかった。

「奥さんが、スーパー『ハッピーライフ』でツナ缶を万引きしていました」

確かに、我が家の食卓にはツナ缶を使った料理がよく上がるが、真由子が万引き？

「うちの妻はそんな陰湿なことをするような人間じゃない。何かの見間違いじゃないですか？」

「いいえ、わたし、この目で確かに見たんです。疑うんでしたら、ご自分で確かめてください。店員に気付かれないほど慣れた様子だったので、初めてじゃないはずですよ」

躊躇《ためら》っていたのが嘘《うそ》のように、自信満々の坂口さんに、返す言葉が見つからない。

「お伝えしたかったのは、これだけです。朝のお忙しい時間に、足止めしてごめんなさいね」

坂口さんは何がおかしいのか「うふふ」と含むように笑うと、「娘が待っていますから」と踵《きびす》を返し、マンションへ戻っていった。

腕時計を見る。午前七時三十分、そろそろ果穂が出てくる時間だ。どうしてまだこんなところにいるのかと、訊《き》かれては困る。

急いでバス停の前を通り過ぎ、駅へ向かった。

坂口さんの言葉を信じたわけではないが、どうしても落ち着かず、真相を確認しに行くことにした。スーパー『ハッピーライフ』を調べてみたところ、マンションからは少し距離があるが、真由子がパート従業員として勤務しているうどん屋『鶴亀亭《つるかめてい》』からは徒歩圏内にあることがわかった。

『鶴亀亭』向かいのコンビニから、店の様子を窺う。真由子の勤務時間は午前十時から午後四時までだ。

そろそろ出てくる頃だろう。と、真由子が店の裏手から、自転車を押して通りに出てきた。カゴに大きな手提げカバンを入れている。左右を確認してからサドルにまたがり、マンションとは反対の方向、『ハッピーライフ』のある方へ進んでいった。

私も店を出て、同じ方へと走って向かった。

木登りができても、全身筋肉痛になったように、自転車で走る真由子を見逃さずについてはいけたが、『ハッピーライフ』の前で足を止めた途端、心臓がバクバクと悲鳴を上げ始めた。呼吸を整えながら入り口付近を見る。自動ドアを抜けた真由子は手提げカバンをカートの端にかけ、カゴを載せて、中へと入っていった。

私もカゴを手に取り、真由子に気付かれないよう少し距離をとり、棚の陰にかくれるように後をつけていった。真由子は野菜コーナーから順番に、品物を手に取り、値段を確認しながらカゴの中に入れていく。白菜、しいたけ、ちくわ、鶏肉《とりにく》。懐に忍ばせる様子などどこにもない。

店員の様子を窺っているようなそぶりもまったくない。怪しい気配を漂わせているのはむしろ、私の方ではないのか。スーツの上からトレンチコートを羽織った姿など、スーパーの中では浮いているのではないかと心配になり、軽く咳《せ》き込みながら、豆腐と納豆をカゴに入れてみた。

酒のつまみになりそうな焼き鳥の缶詰なども二、三個入れておいた方がいいだろうと、天井から吊《つ》り下がっている案内板に目を遣《や》ると、ちょうど「缶詰」と書かれた真下を真由子がくぐっていった。

坂口さんは、真由子がツナ缶を万引きしていたと言っていた。

棚に身を隠し、真由子の様子を窺う。

トウモロコシの缶詰を手に取った。サラダにもカレーにもチャーハンにも用いられている、我が家ではツナ缶と肩を並べる定番食品だ。それを真由子は……カゴに入れた。

疑ってなどいなかったはずなのに、安堵《あんど》のため息をついてしまう。

今度はツナ缶を手に取った。小さい缶を五つまとめてパッキングしているものだ。それを……カゴに入れた。

やはり、坂口さんの見間違いだったのだ。真由子が万引きなどするはずがない。ちゃんとこの目で確認した。そうとなれば、こんなところはとっとと退散だ。

と、真由子はまたもやツナ缶を手に取った。パッキングされていない、同じ種類の小さい缶を一つ……手提げカバンの中にすべりこませた。

何事もなかったような顔をして、カートを押していく。

牛乳をカゴに入れ、卵をカゴに入れ、食パンをカゴに入れ、レジの列に並ぶ。

店員がやってきて真由子の肩を叩《たた》くのではないかと、こちらは息が止まりそうな思いで見ているのに、真由子が周囲を気にする様子はない。いや、呼び止められるとしたら、店を出てからか。私がここで真由子に声をかけ、「カバンの中に商品が入ってしまってるじゃないか、危ない危ない」などと言えば、まだ、万引きをしたことにはならないのではないか。

しかし、その後どうすればいいのだろう。

私に万引きを指摘された真由子は、どんな気持ちでそれを受け止めるのだろう。何故《なぜ》こんなことをしたのか、正直に打ち明けてくれるだろうか。その後、これまで通りの生活を送ることができるだろうか。

むしろ、店員に見つかったとしても、家族が知らなければ、これまで通りの生活が送れるのではないか。もしかすると、一度くらい、見つかったことがあるかもしれない。

真由子は支払いを終わらせた。レジ袋に詰めているあいだに、私もカゴに入れた商品の支払いを済ませる。

品物を詰め終えた真由子は、私に気付くことなく、レジ袋と手提げカバンをカートに載せ、店の外に出ていった。荷物を自転車のカゴに入れ、駐車場を横切り、店の敷地外へと出て行く。誰も真由子を追いかけようとする気配はない。

真由子の後ろ姿はすっかり見えなくなってしまった。

ツナ缶一つ。八十八円。

まさか、食費の節約のためではないだろう。スリルを楽しんでいるのか。いや、あれはそんな表情ではなかった。では、ストレス解消のためにやっているのか。それよりも、ストレスがたまりすぎて、無意識のうちにやっているのではないか。

それが一番納得がいくのだが、真由子のストレスとは何だろう……。

パート先のうどん屋で何かいやなことがあったのだろうか。

果穂の教育で、悩んでいることでもあるのだろうか。

真由子はつき合っているときからおしゃべり好きな女だった。結婚して五年も経つと、めっきり会話をしなくなったという同僚の愚痴を聞いたことがあるが、真由子は十五年経っても、毎晩、その日にあった出来事や果穂のことを話してくれる。

うどん屋の客の愚痴も、果穂の帰りが近頃遅いという不満も、何度か聞いている。だが、話すことにより、ストレスも軽減されるのではないか。

そうではない。何故こんな簡単なことに気付かなかったのだ。

——真由子は私が隠していることを知ってしまったに違いない。

しかし、どうしてだ?

大槻果穂

寒い。ブレザーの上から巻いたマフラーを締め直して振り向くと、エリと目が合った。あたしを見送るために、あんな冷たそうな柵の上に乗っているのかな。お菓子をあげ始めてまだほんの数日だけど、あの子はかなりあたしになついてる。

バイバイ、と手を振ると、ブルーの目をパチパチして、ウインクもどきを返してくれた。今日も、エリと一緒に食べられそうなお菓子を買って帰ろう。チョコの新商品が気になるところだけど、ネコって食べられるのかな。

それにしても、寒い。昨夜もエアコンをつけているのに、つま先がキンキンに冷たくって、なかなか寝付けなかった。おかげで少し、寝不足だ。足元にネコがいたら暖かいだろうな。

エリがうちの子だったらいいのに。でも、あの子は短毛だから温かくないかな。うちもネコを飼えばいいのに。思いがけずパパがネコ好きだっていうことがわかったし、ママも口で言うほど嫌いじゃなさそうだから、相談せずにいきなりかわいい子をつれて帰ったら、案外、あっさり飼うことになるかもしれない。

そうなると、ママの関心事が他にできて助かる。

ママはお互い隠し事をしないのが親子関係がうまくいく秘訣《ひけつ》だって言いながら、毎日、その日にあったことを聞き出そうとするんだから、正直、鬱陶《うっとう》しくてたまらない。隙があればケータイをチェックしようとしているのも、バレバレだ。そうやって知ったあたしのことをパパに報告するのが、夫婦円満の秘訣だと思っているところもある。むしろ、そのために、あたしから話題を引き出そうとしているのかもしれない。

でも、ネコがいると、そっちの話題で盛り上がって、家族円満、ママも満足するんじゃないだろうか。

飼うとすれば子猫がいいし、できれば血統書付きがいい。学校についたら、もらうあてがないか、誰かに訊いてみようかな。それか、自分でペットショップで買って、パパとママには、誰かからもらった、って言おうかな。そっちの方が確実に気に入った子を手に入れることができる。こういうときのために、「貯蓄活動」をしているのだから。

名前は何がいいかな。エリの本当の名前は、キル何とかエリ何とか何世、だとママが言っていた。何とかばかりで、どういう名前なのか想像もつかない。

今度、坂口さんに訊いてみよう。

「おはよう、果穂ちゃん」

以心伝心、っていうのだろうか。大概はこの時間、あたししかいないバス停に、坂口さんが立っていた。手ぶらだし、こんなところで何をしているんだろう。しかも、天気予報でこの冬一番の寒さだって言ってたのに、相変わらずの薄着だ。

「おはようございます」

坂口さんの、何を考えてるのかよくわからない、透き通ったネコみたいな目は苦手だけど、エリと遊ばせてもらうため、愛想良く返事をしておく。助けたお礼にくれた牧場セットもおいしかったし。何より、なかなか手に入りにくい幻のミルクキャラメルを食べて、クラスのみんなに自慢できたのがよかった。

——たいしたことなかったよ。

ホントはメチャクチャおいしかったけど、そう言った。

「S女学院の制服ね。バス通学なんて、朝早くからえらいわね」

坂口さんはニッコリ微笑みながら言った。冷たい空気にキンキンとよく響く声だ。

「どうも」

ぺこりと頭を下げてみたものの、家を出るのは毎朝、七時四十分。それほど早起きってわけじゃない。

「さっき、お父さんにも会ったのよ。図書館って開館は十時なのに、けっこう早い時間から家を出られているのね」

　図書館？　坂口さんは何を言ってるんだろう。

「うちのパパ、いや、父は、銀行員なんですけど」

「あら、そうなの？　わたし、本が好きだから、かなり頻繁に図書館に行くんだけど、毎回見かけるから、つい」

「見間違いじゃないですか？」

「それはないわ。わたし、視力はものすごくいいの。絶対、間違いないって自信を持って言えるくらい」

「じゃあ、何か仕事の調べ物があって、行ってたのかもしれない」

「そうね。よかったわ。この町のじゃなくて、隣町の図書館で見かけたものだから、いろいろ余計なことを考えちゃって。リストラされたサラリーマンが家族に打ち明けられずに、毎日出勤するフリをして、知り合いに会わない遠くの図書館で時間をつぶしているって、よく聞くでしょ。でも、エリを助けてくれた恩人が、リストラなんてされるはずないわよね。あんなに颯爽《さつそう》と木に登ってくれたんですもの」

「はあ……」

　坂口さんはあたしが思いつきもしなかったことを、一人芝居のように語った。

「ごめんなさいね。失礼なことを言っちゃって。気を悪くしないで。わたしが果穂ちゃんやご家族を、本当に大好きなことはわかってくれてるでしょ。あ、八番のバスが来たわ。あれに乗るの？」

数十メートル先からやってくるバスの番号を、あたしの目はまだ認識できないけど、あたしが待っているのは八番のバスだ。

「そうです」

「じゃあ、行ってらっしゃい。良い一日を」

「あの！」

くるりと背を向けた坂口さんを呼び止めた。

「なあに？」

訊かなきゃならないことがある。だけど、上手《うま》く言葉にできないし、訊くこと自体が少し怖いような気もする。

「あの……、エリちゃんの本当の名前って何ですか？」

「キルマカット・エリザベス三世よ」

坂口さんは優雅にそう言うと、ネコみたいに軽い足取りで道路を横切り、マンションの方へ向かっていった。その姿を遮るように、八番のバスがあたしの目の前に停《と》まる。

乗ってもいいのかな。ふと、そんなことを感じたものの、毎日の習慣はからだにしっかりしみ込んでいて、すでにバスのステップを上がりきってしまっていた。

扉がゆっくりと閉まる。


パパがリストラ。

坂口さんはあたしにそれを伝えるために、バス停で待ち伏せしていたんだろうか。じゃなきゃ、手ぶらであんなところにいるなんておかしい。でも、どうしてそんな嫌がらせみたいなことをするんだろう。パパが助けなきゃ、エリは死んでたかもしれない、命の恩人なのに。

やっぱり、偶然あたしに会ったついでに、少し気になっていたことを、悪気なく訊いてみただけなんだろうか。坂口さんから悪意なんてまったく感じられなかったから、そっちのような気もする。

坂口さんは隣町の図書館で何度もパパを目撃した。平日の昼間なのにどうしてこんなところにいるんだろう、仕事は何をしているんだろう。もしかして、ここにいるのも仕事なのだろうか。でも……。あたしだって同じ場面に遭遇すればそんなふうに思うだろうし、実際、状況は違うけど、それに近い気持ちになったことは何度かある。

それで、坂口さんなりに仮説を立てて、あたしの前で否定して、すっきりした気分で帰っていったんだろうか。あたしにモヤモヤした気持ちを押しつけて。

バス停にいたのだって、ダンナさんを見送るためだったのかもしれない。坂口さん自身が勤めに出ているって雰囲気じゃないから、多分、ダンナさんがいるはずだ。見たことないけど、エリを捜してあげた日まで、坂口さんも見たことなかったんだから、充分にあり得ることだ。

まさか、善意であたしに教えてくれたとか……。いや、ちょっと不思議ちゃんキャラだけど、さすがにそれはないだろう。

それにしても、パパは本当にリストラ、いや、事情はともかく、仕事をしていないのだろうか。じゃあ、食費は？　マンションのローンは？　あたしの授業料は？　いつからそんなことになっているんだろう。あたしの感じる範囲では、何も生活は変わっていない。

ママは知ってるんだろうか？

うどん屋のパートに出るようになったのは、あたしが中学に合格してからだ。

――果穂の学費のためだけど、S女学院に通うのはママの夢でもあったんだから、自分のために働いてるようなもんね。

笑いながらそんなふうに言ってたけど、本当はもっと根本的な生活のためなのかもしれない。でも、週五とはいえ、十時から四時までのパートで、今の生活が送れるくらいの給料はもらえないだろう。

パパに直接、確かめよう。

降車ボタンを押す。夕方からははずせない用事があるし、時間があればあるほど、マイナス思考に陥ってしまいそうだ。学校なんかに行ってる場合じゃない。

パパが本当に仕事に行かず、図書館で時間をつぶしているのだとしたら、開館までは、どこにいるんだろう。坂口さんと同じ疑問、だ。初めて訪れる隣町の図書館前は、芝生の上にベンチをランダムに置いた、シンプルな公園のようになってるけど、今の時期、寒くて、十分でもそこですごせる自信はない。

せっかくのかわいい制服をコートで隠すのがもったいなくて、冬場もマフラーを巻くだけにしてるけど、今日ばかりはそれを後悔した。寒いってだけじゃない。学校の始業時間は過ぎている。校外で制服姿は浮いて見えるんじゃないかと、気になってしまう。

コンビニでマスクを買い、図書館に近いファストフード店で、あまり好きじゃないけどホットミルクを飲みながら、時間をつぶした。風邪を引いたので病院に行ってから登校する中学生、っぽく振る舞ってみる。

午前十時を十分すぎて、図書館に入った。パパに見つかったら……。たった一日、何とでも言い訳はできる。むしろ、後ろめたいのはパパの方だろう。

それにしても、この人たちの職業は何だろう？　と思わずにはいられないおじさんたちが多すぎる。テレビのニュースで不景気とか言ってるのを聞いても、全然実感が湧《わ》かないけど、ここにいるおじさんたちがみんなリストラサラリーマンだったら、日本は相当ヤバい。でも、パパの姿はない。ホッとする。

少し休みたくて、おじさんだらけの新聞・雑誌コーナーを抜け、奥の芸術コーナーに行くと、壁際の柱の陰に半分隠れている席に……パパがいた。

坂口さんが見たのは、本当にパパだったんだ。

朝、家を出たときと同じ、スーツにネクタイ姿だ。椅子《いす》の背にコートをかけてある。家ではビール腹と同じくらい緩みきった、のんびり顔でいるのに、今のパパは表情が厳しい。ここが職場の銀行なら、働くときはキリッと表情が変わるんだなと、エリを救助したときと同じくらい尊敬のまなざしを向けるんだろうけど、悲しいかな、ここは図書館だ。

そのちぐはぐさに、涙がでそうになってくる。でも、一番辛《つら》いのはパパに違いない。ママにもあたしにも言えず、ここで一日中苦しんでいるんだろう。

声をかけようか。

あたしも学費くらいはアルバイトでどうにかするから大丈夫。そう言えば、パパも少しは楽になるだろうか。でも、S女学院は当然、法律的にも中学生はアルバイト禁止じゃなかったっけ?

公立に転校するよ、とは言いたくない。努力して手に入れた一生もののブランドを手放すなんてイヤだ。ブランド物を買い集め、それに見合う人間になるのが、あたしの目標なのだから。パパやママに改まって相談されるまでは、気付かないフリをしておく方がいいのかもしれない。

と、柱の陰から、誰かが立ち上がった。パパは一人じゃなかったんだ。ごつごつした手が分厚い封筒をパパに差し出し、パパはそれをジャケットの内ポケットにサッと入れた。いけないものを見てしまったような気がして、棚に身を隠してしまう。

ごつごつした手の持ち主は、棚の方は見ずに、あたしの目の前を通過していった。顔に見憶えがある。中野《なかの》さんだ！　確か、市役所勤務だったはず。

どうして平日のこんな時間に、しかも、パパと一緒にいたんだろう。

こころなしか、パパの顔が少し緩んでいるように見える。坂口さんにもらったチーズを食べてるときも、あんな顔だった。パパが中野さんから受け取った封筒、あの中にはもしかすると、お金が入ってるんじゃないだろうか。

パパと中野さんは昔の同級生か何かで、お金を借りた。

いや、違う。強請《ゆす》り取ったんだ、きっと。

あたしをネタに。ママに対してはケータイをガッチリガードしてたけど、パパに対してはけっこう無防備だったかもしれない。中野さんからのメールを消す前にパパに見られていたとしたら……。

でも、あの内容ではあたしと中野さんの関係に気付くことはできないだろうし、察したとしても、強請る材料にはならない。それに、中野さんからメールを受信したのは、彼に会う十分前だ。

強請る材料をパパが握っているとすれば、放課後、パパがあたしの後をつけていたことになる。偶然見かけたとは考えられない。中野さんと会ったのは、我が家の生活圏外だ。あの姿のあたしをあたしと気付くのも、初めから疑ってかからなければ、親子とはいえ難しいはずなのに。

——パパは、あたしの秘密を知ってる。

でも、どうして？

大槻真由子

靖文と果穂を送り出し、洗い終わった洗濯物を持ってベランダに出ると、二つの青い目がこちらを見上げていた。エリだ。隣家とのついたての下の隙間をくぐってきたようだ。ごろごろと甘えるように喉《のど》をならし、わたしの足にしなやかなからだをすり寄せてくる。最初にやられたときこそ、縁起が悪いと、総毛立ちそうになったけれど、エリを見たからといって損をすることもなく、慣れてくれば心地よい。

ついたて越しに、隣家のベランダを確認する。坂口さんがいる気配はない。

洗濯カゴを降ろして、ガラス戸を音を立てずに開け、からだをそっと中にすべりこませると、エリも同じようにして入ってきた。

キッチンの戸棚からツナ缶を一つ取り出し、蓋《ふた》を開けて足元に置いた。エリがグルンと喉をならし、缶に頭をつっこむようにして、ツナを食べ始める。正式名称からすると、もっと高級なエサを与えてもらっていそうなのに、どうしてこんなに嬉《うれ》しそうなのだろう。

「おかしな名前で呼ばなくていいでしょ。あんたは共犯者なんだからね」

エリの前にしゃがみ込み、声をひそめてそう言うと、意味を知ってか知らずにか、エリは一瞬だけ顔をあげ、わたしと目を合わせた。

これが四缶目。

果穂は小さい頃、野菜サラダを食べることができなかった。のみ込みやすいように小さく切っても、口に入れた途端、ペッと吐き出すし、いろいろな種類のマヨネーズやドレッシングを試してみてもダメだった。せん切りにしたハムとキャベツを混ぜて口の中に入れてやっても、器用にキャベツだけ吐き出した。しかし、ある日、ツナをほんの少し載せてやると、ぺろりと全部平らげたのだ。

きちんと会話ができるようになってわかったのだけど、ツナをからめた野菜のしなり具合が飲み込むのにいいらしい。

そんな理由で、ツナ缶は大槻家には欠かせないものになっている。スーパーの特売日では毎回五缶ワンセットになったものを買っている。一年前まではオイル漬けのものを選んでいたけれど、靖文が職場の健康診断でコレステロール値に五段階中のC判定がついたのを機に、ノンオイルのものに変えることにした。が、初めから五缶セットを買うのには抵抗があった。

野菜のしなり具合が違う、と果穂からクレームがつく可能性がある。そのため、いつものオイル漬け五缶セットと、ノンオイルをひと缶買うことにした。レジの打ち間違いに気付いたのは、その日の晩に家計簿をつけているときだった。オイル漬け五缶セットを二つ買ったことになっていたのだ。

明日、言いに行こうか。しかし、現物を持って行ったところで確固たる証拠にはなり得ない。言いがかりをつけていると思われるかもしれない。レジを担当した店員が明日も出勤しているかどうかもわからない。相手がミスをすぐに認めたとしても、カードで精算しているため、差額分を小銭で返すのは難しいかもしれない。一度全部取り消しにして、訂正したものをもう一度打ち込むのだろうか。日が変わっているため、前日分の集計も訂正することになるかもしれない。

たった数百円で、鬱陶しい。

パート先のうどん屋で、自分が同じ立場になれば、絶対にそう思うはずだ。仕方がない、今日は運が悪かったのだと思うことにしよう。だって今日は、出勤中に猫を見てしまったではないか。そのときは、そう自分に言い聞かせて納得した。

ある瞬間、フッと魂を抜かれたように意識が飛んでしまうという症状が出始めたのはここひと月のことだ。頭痛や耳鳴りを伴うわけではなく、ほんの数秒頭の中が真っ白になるだけなので、病院に行くほどのことではないような気がした。多分、更年期だ。

しかし、先日、この症状をほうっておけない出来事が生じた。

パートを終え、スーパーで買い物をして帰宅し、レジ袋の中味を冷蔵庫などに片付けたあと、カバンを開けると、買った憶えのないツナ缶が一つ入っていたのだ。カバンの口は真ん中に留め金が一つついているだけなので、カートにかけて店内をまわっている最中、誤って入ってしまったのではないかと、罪の意識を感じることはなかったが、さてこれをどうしたものか、と考えた。

返しに行く。その場合、事情を話して店員に渡すか、それとも、そっと缶詰の棚に戻すか。どちらにしても、白い目で見られそうな気がする。が、待てよ、と思い出した。以前、同じスーパーでレジの打ち間違いがあり、ツナ缶を四缶分、損をしたことがあったではないか。あのときのを一つ返してもらったと思えばいい。

そうやって、返しに行くのはやめたものの、それを開けて料理に使う気にはなれず、目に付かない戸棚の奥にしまい込んだ。いつもの五缶セットはきちんとお金を払って買ってあった。

一度目は何の疑いも持たず、誤って、と解釈したけれど、二度目に同じことが起きると、棚からコロリ、とは思えなくなった。

誰かが故意に、自分のカバンにツナ缶を忍ばせている。または、無意識、無自覚のうちに自分でカバンの中に入れている。後者であることを否定したかったが、前者であるのも怖かった。しかし、前者であれば、こっそりカバンに忍ばせるだけにとどまらず、店員に通報するなり、強請ってくるなり、次の行動があるのではないか。

しかし、そんなふうに陥れられる理由がない。

やはり、自分で入れてしまったのだ。そういえば、缶詰の棚の前で頭がフワッとなったではないか。あの時だ。だからといって、どうすればいいのかわからなかった。幸い、差し引きすると、まだこちらが損をしていることになる。だが、今度はツナ缶を戸棚に仕舞うのもイヤだった。

処分したい。そのとき、ふと、視線を感じた。ベランダからガラス戸越しに、エリがこちらを見ていたのだ。いい方法を思いついた。食卓に上げれば家族も同罪になってしまいそうだけど、エリならそうなっても構わない。そもそも罪ではない。損を回収しているだけだ。猫によって生じた損を、猫で補う。名案ではないか――。

しかし、今回の分で差し引きゼロだ。次からは、犯罪だ。

週明けにでも病院に行こう。今の生活に満足しきっているわけではないけれど、深く心を煩わせているようなこともない。四十歳という年齢のせいなのだ。婦人科でホルモン注射の一本でも打ってもらえば、大丈夫だろう。

「ねえ、エリ」

エリが顔を上げる。すっかり満足した様子だ。

と、ドアフォンが鳴った。キッチンの壁にあるモニターに映っているのは、坂口さんだ。

「今出ます」

スピーカー越しにそう言うと、空になった缶を流しに置き、エリをベランダに出して、玄関に向かった。いつもと同様に薄着の坂口さんに、スリッパを出し、暖房のきいている中へと促したけれど、「結構です」と断られた。

坂口さんは玄関の上がり口に立つわたしを見上げた。まっすぐのびた白い鼻筋に、きゅっと細い皺が寄る。

「ツナ缶の匂《にお》い」

ポツリとつぶやかれ、やはり猫のことで抗議にきたのだと、身構えた。

「朝食のサラダに使ったの。それか、娘がツナ缶なしじゃサラダを食べられなくて、もう何年も毎日使ってるから、気が付かないうちに、部屋中に匂いがしみついているのかもしれないわ」

何故こんな言い訳をしているのだろう。猫に人間様の食べるツナ缶を与えている、悪いことではないはずなのに。しかも、こちらは助けてやった側なのに。

「それで、ご用は……」

「ちょっと、言いにくいことなんですけど、果穂ちゃんのことで」

「娘ですか？」

そういえば、果穂は猫にお菓子を与えている。

「決して、告げ口をしにきたわけじゃないんです。ただ、偶然見かけて、少し気になったものだから、奥さんにお伝えしておいた方がいいんじゃないかと思って。もしかすると気分を害されるかもしれないけれど、わたしに悪意はないってことだけは先にご理解くださ い。キルマカット・エリザベス三世を探しているとき、ゴミ捨て場にはマンションの他の方も何人か来ましたけど、声をかけてくれたのは奥さんだけですもの。お役に立たせていただきたいと思っているんです」

長い前置きだけど、とにかく、愉快な話ではないということだろう。

「何でしょう」

「絶対に悪く思わないでくださいね」

媚《こ》びるように念を押され、逆に腹が立ってきた。

「大丈夫ですから、言ってください」

「実は、わたし、昨日、果穂ちゃんをY駅で見かけたんです。六時頃に待ち合わせの目印によく使われている銀時計の前に立っていたんですけど、最初は果穂ちゃんだって気付きませんでした。お化粧をしていたし、派手な服装をしていたし。でも、立ち姿が誰かに似ているなって気になって見ていたら、果穂ちゃんだって思い当たったんです。声をかけようと思ったら、中年の、ご主人と同じ年くらいの男性がやってきて、二人で東口の方に出ていきました」

Y駅周辺は市内で一番の繁華街だ。年に数回、果穂と一緒に買い物に出かけることはあるけれど、平日に一人でそんなところにいるとは考えられない。しかも、中年男性と一緒だなんて。

「人違いじゃありませんか？」

「それはないと思います。果穂ちゃんって、正面を向いて立っているとき、こんなふうに右足を少し前に出して重心をかけるでしょう？」

坂口さんは果穂の立ち方を真似《まね》たけれど、果たしてそんな立ち方をしているだろうか。毎日見ているはずの果穂の姿をはっきりと思い浮かべることができない。

「それと、右耳から五センチくらい下がった、首のこの辺りに、小さなほくろがあるじゃないですか」

坂口さんは自分の首を指し示したけれど、そんなところにほくろがあったかどうかも定かではない。しかし、ここまでこまかく説明するということは、坂口さんには自信があるのだろう。

「あ、そう、そうだ。一緒にいたの、多分、わたしの兄だわ。娘は自分専用のパソコンを欲しがってるんだけど、わたしも主人も最新の機能とか、あまり詳しくなくて、兄に一緒に見にいってくれって頼んでいたの。二人で日を決めて、ってまかせていたから、とっさに思いつかなくて……」

「そうだったんですね。東口はよくないイメージがあったんですけど、そういえば、最近大きな家電ストアができましたものね。ごめんなさい、わたしったら、本当に失礼なことをしてしまいました」

「いえ、こちらこそ、ご心配をおかけしました」

頭を下げると、坂口さんは「お邪魔しました」とすっきりした顔でドアを薄く開け、すべるように出て行った。エリにそっくりの身のこなしだ。

ドアが閉まった途端、目の前が真っ白になった。必死になってでまかせを考えたせいに違いない。

パートを終えると、自転車で駅に向かい、Y駅までの切符を買った。坂口さんが言っていた場所に今日も果穂がいるとは限らないけれど、それでも行かずにはいられない。六時に果穂が銀時計の前にいないことを確認できれば、それでいい。

Y駅の改札を抜け、銀時計を見渡せる柱の陰に身を潜める。五時五十五分だ。待ち合わせをしているような人たちはいるけれど、果穂の姿はどこにもない。中年男性は一人いる。しかし、普通のサラリーマンにしか見えない。それでも。

あの人と果穂が待ち合わせをしているとして、その後、どうするのだろう。

想像しようとするだけで、吐き気が込み上げてくる。

小遣いは人並みに与えているつもりでいたけれど、S女学院の友人とつき合っていくには足りないのだろうか。いや、もしそうだとしても、果穂はそんな道を外れたようなことをする子ではない。小さい頃から絵本をたくさん読んでやったし、親子映画鑑賞会にも積極的に参加して、人権映画もたくさん見せている。会話も毎日十分に交わしている。おかげで、世の中の親が嘆いている子どもの反抗期というものも、訪れたのかまだなのかわからないほど実感がないまま、今日まで過ごしてきた。

坂口さんの見間違いに違いない。

銀時計からオルゴールの音色が流れ出した。六時だ。ほら、果穂なんて……来た。

厚化粧をして、見たこともない派手な服を着て、しかし、まぎれもなく果穂だ。立ち姿よりも、ほくろよりも、昔、通学路にいた三毛猫を思わせる、あの薄茶色の目が果穂である証拠だ。

中年男性のもとに向かい、「お待たせ」と腕を組む。男が果穂の耳元で何かささやいた。

やめて、やめて、やめて。念じても、何も変わらない。止めなければ。

勇気を出し、柱の陰から足を一歩踏み出すと、甲高い果穂の声が耳に届いた。

「へーきだって。あたしんちは親も犯罪者なんだから」

ガツンと殴られたように、目の前が真っ白になっていく。

親も犯罪者。だから、これから自分も悪いことをするというのか。心が痛まないというのか。それともこれは、娘を裏切る罪を犯した親、わたしへの仕返しなのだろうか。

――果穂はわたしが万引きをしたことを知っている。

しかし、どうして？

＊

「ママ、警察の人なんて？」

果穂が朝食のサラダを食べながら、ダイニングに戻ってきた真由子に訊ねる。サラダにツナは載っていない。靖文も新聞から目を上げた。

地方版のページに小さく、交通事故の記事が出ている。

十日、午後九時すぎ、Y市＊＊町の路上で、近くに住む無職坂口愛子《あいこ》さん（三五）が倒れているのを、近隣の住民が発見した。＊＊署は自動車によるひき逃げとみて調べている。

「坂口さんが何時頃に出ていったか心当たりはないかって訊かれたけど、わかりません、って。あと、坂口さんがどうして外に出ていたか心当たりはありませんか？　って。手ぶらで上着も着ていなかったことを不審に思ってるんじゃないかと思って、猫を捜していたんじゃないかと思います、って答えたわ」

真由子はトースターから取り出した食パンにいちごジャムを塗り、果穂の皿に載せた。

「それだけか。坂口さんって、娘が受験に失敗したのがきっかけで、ダンナと離婚して、ここに越してきたんでしょ。なんだかなあ……」

果穂がトーストにかじりつく。

——坂口さん、エリちゃん、また外にいましたよ。

——あ、いた。道路の向こう。ほら、あそこ。

——危ない！

「お、ツナ缶なしでも、サラダ全部いけてるじゃないか」

靖文が新聞を畳んで置き、果穂の皿を見ながら言った。

「なんか、普通に大丈夫だった」

果穂は牛乳でパンを飲み込みながら答えると、キッチンで弁当を詰める真由子に向かい、

「明日から、もういらないからね」と声を上げた。

「わかったわ」

真由子が答える。買い置きのツナ缶は、昨夜、最後の一つを使い果たした。

「ごちそうさま、今日もがんばるか」靖文が大きく伸びをする。

「いい仕事、みつかるといいね」ビール腹をくすぐりながら、果穂が言った。

「ああ、そうだな」

「あたしも部費を持っていかなきゃ。ママ、三千円ちょうだい。お茶菓子代だって」

「茶道部に入ったのは、それが目的だったのね」

真由子は答えながら、ふと、視線を感じた。ベランダからガラス戸越しに猫がこちらを見ている。エリ、キルマカット・エリザベス三世だ。

「何か、気味が悪い」

「大丈夫、見ているだけだ」

顔をしかめる果穂に靖文が言った。

「そうね。こそこそと後をつけて、見ていたことが悪いんじゃない。ぺらぺらとしゃべる

からいけないのよ」
真由子はガラス戸の前に立つと、猫の姿を隠すように、そっとカーテンを引いた。

ムーンストーン

力強くて温かい手。

夫を支援してくれる人たちは皆、口を揃《そろ》えてそう言った。市会議員として「お年寄りから子どもまで強い絆《きずな》で結ばれた社会」をスローガンに、地域のイベントでは来賓席でうとうとと眠りこけている年寄り議員を尻目に、積極的に住民たちの輪に入って行き、一緒に盛り上げていた。

運動会ではリレーや綱引きなどの種目に参加し、祭りではみこしをかつぎ、敬老会ではもちをつき、そして、議会では市民のことを第一に考えた提案を打ち出していく。議会の透明化を図るため、ネットやニュースペーパーを活用して活動を報告する。

握手を求められれば、それがプライベートな食事の席であっても笑顔で応じる。爽《さわ》やかで誠実そうな外見と力強い物言いに、この人に一票を投じれば、年寄りばかりの寂れたこの地域も活気を取り戻すのではないかと、多くの人が期待を寄せてくれるのだろう。初出馬から二期連続でトップ当選を果たした。

初出馬のとき、わたしは彼の選挙事務所のアルバイト員だった。大学を卒業して、地元に戻り伯父の会社の事務員をしていたが、業績不振が続き、解雇されてしまったのだ。申し訳なく思った伯父は、わたしに選挙事務所でのアルバイトを紹介した。

知人の息子でこのたびが初出馬なのだが、年寄りばかりのこの地域では、票は年配議員に集中するだろうから当選は難しいかもしれない。まあ、当選しようがしまいがアルバイト代はきちんと出るので、若い人たちで盛り上げたいということだし、引き受けてもらえないか。

そう言われ、あまり深く考えずに引き受けたのだが、それはわたしの人生を大きく変えることとなった。何せ、ウグイス嬢として彼の名前とスローガンを連呼し、笑顔で手を振り続け、当選が決まった際には手を取って喜び合い、その半年後には、彼の妻になっていたのだから。

披露宴は地元のホテルで盛大に行われた。誰もが名前を知っている国会議員や県知事から祝電が届いた。玉の輿《こし》、という時代遅れの言葉を、何人もから聞かされたことには辟易《へきえき》したが、心から幸せだと思える一日だった。

伯父は何度、俺のおかげだ、と気をよくしながら言っただろう。十年後には、あんな女は親戚《しんせき》でも知り合いでもない、と必死で言うことになるなど、思いもしなかったに違いない。

わたし自身、まさか自分が夫を殺害することになろうとは、頭の片隅にでも思い浮かべることはできなかったのだから。

市会議員といえども、政治家の妻というのは楽なものではなかった。夫の活動を支援するべく、自らも、地域の婦人グループのメンバーに加わり、様々な活動を運営していかなければならなかった。老人会と子ども会の交流イベントとして、うどん作り大会や将棋大会を企画運営したり、花いっぱい活動と称して、地域住民たちに呼びかけてプランターに花を植え、各家庭に配ったり。

もちろん、選挙となれば、寝る間もないほど挨拶《あいさつ》に動き回り、支援者の人たちに頭を下げ続け、期間中の記憶といえば、スニーカーの先が徐々に傷んでいく様子しか残っていないという状態だった。

しかし、そんなことはまったく苦痛ではなかった。

夫はわたしを大切にしてくれたからだ。自分の方が何倍も大変なのに、わたしを労《ねぎら》う言葉を惜しみなくかけてくれたし、一泊程度の旅行にもよく連れて行ってくれた。週に二回エステに通うことも笑って許してくれたし、欲しい服やアクセサリーがあると言えば、値段も確認せずに、買ってもよいと言ってくれた。

娘が生まれたときも、心から喜んでくれた。この子が将来幸せになれるように、と積極的に育児に取り組み、議員活動にもさらに力を入れた。

理想の夫であり、理想の父親であり、理想の家庭であった。

しかし、それらは夫が議員であるという基盤の上に成り立っていたのだ。

三期目もトップ当選は確実だと言われていた。そんな矢先、夫は所属する党の支部から県会議員への格上げの打診を受けたのだ。有力対抗馬は五期連続当選をしている現職議員で、地元後援会も結束が強いため、夫の後援会の中には見送った方がいいのではないかと言う人たちもいたが、県民も若い力を求めているはずだという多数の意見に押され、夫は残り半年の任期を残して市会議員を辞職し、県会議員選挙への出馬を決意した。

結果は落選。わずか二〇〇票差だったが、負けは負けだ。夫は議員ではなくなった。

とはいえ、無職になったわけではない。父親が経営する建築会社に再就職し、議員になる前の生活に戻っただけだ。

次の市議選では、一度離れたのでトップは難しいかもしれないが、必ず当選するだろうとは言われていたので、わたしとしては四年間の休息のようなものだと思っていたし、月々の手取りは少なくなったものの、毎日のようにどこかしらに出て行かなければならなかったことを考えると、サラリーマンの妻であるこちらの生活の方が楽でいいではないかとも感じていた。

だから、夫を恨むようなことも焚《た》きつけるようなことも、口にしたことは一度もない。どこがいけなかったのだろう。なぜスイッチが入ってしまったのだろう。毎年何かしらのイベントに招待されてゆっくりすごすことのできなかったゴールデンウイークに、家族三人でどこかに旅行をしましょう、と誘うと夫はわずかに眉《まゆ》を顰《ひそ》めた。

温泉なんかどうかしら。これまでは一泊しかしたことなかったけれど、二、三泊、休みいっぱい使ってゆっくりしましょ――

最後まで言い終わらないうちに、頰《ほお》に熱いものが走り、目の前を星が飛んだ。さらに続けて反対側の頰も熱く痺《しび》れ、足元をふらつかせて倒れると、脇腹にずしりと重い痛みが響いた。

バカにするな。えっ？　なんだその目は。俺をバカにしてるんだろう。

そう言って、夫はわたしの脇腹を蹴《け》り続けた。ごめんなさい、ごめんなさい、と振り絞りながら声を出すと、蹴りの勢いはさらに増していった。

何に謝ってるんだ。はあ？　同情か？　俺をバカにしてんのか？

どうすればいいのかわからず、されるがままになっているうちに、夫はわたしを蹴るのをやめ、外で飲んでくる、と携帯電話をポケットにねじ込んで、上着をひっかけ出て行った。

何時間も苦痛を与えられていたような気がしたが、時計を見ると、旅行の提案をしたときからまだ十五分も経《た》っていなかった。子どもが夫の母、おばあちゃんと出かけているときでよかったと安堵《あんど》のため息をついた。

それから、夫からの暴力を三日に一度の割合で受けるようになった。理由は毎回ささいなことだ。

夕飯にありあわせの野菜炒《いた》めを作れば、収入が減ったとバカにしているのか、少しよい肉を使ってすき焼きを作っても、いつまで議員の嫁でいるつもりなんだ、えっ？　バカにしているのか、美容院に行ってきたことが知られると、人前に出ることがなくなった俺への当てつけか、バカにしているのか、エステに通うのをやめたと報告すれば、今の俺にそんな甲斐性《かいしょう》はないってことか、バカにしているのか。

バカにしているのか、と繰り返しながら、わたしを殴り、蹴り、外に出て行くというのが習慣になってしまった。

わたしはそれを誰にも相談することができなかった。監禁されているわけではなく、両親は同じ市内に住んでいるのだから、すぐに荷物をまとめて帰ることも、何も持たずに帰ることも、電話で事情を説明して助けを求めることもできたはずなのに、夫の暴力について口に出すことができなかったのだ。手が震えてメールを打つこともできなかった。

誰かに相談したことが夫に知られるのが怖かった。話しても、夫が暴力を振るうなど誰も信じてくれず、この世に自分の味方などいないような気がした。信じてもらえたとしても、わたしの望みは夫の暴力がなくなることで、離婚ではなかった。子どもを片親にはしたくなかったからだ。

離婚はしない。とすれば、夫の暴力のことが誰かの口から広まれば、夫は社会的な信用を失って二度と議員にはなれない。つまり、一生暴力がついてまわるということだ。次の選挙で当選するまで、自分が耐えていればいい。ただ四年と考えると目眩《めまい》を起こしてしまいそうだが、平均寿命まで生きるとしてまだあと五十年近く残っている人生のうちの四年だと考えれば、乗り越えられない年月ではない。大学生のあいだと同じだ。あっという間ではなかったか。

それに、今はまだ落選から半年も経っていないので、悔しい思いが色濃く胸の内にあるのだろうが、それも日が経つにつれ薄まっていくのではないだろうか、とも考えた。ここ数ヶ月の我慢、今が人生の正念場なのだ。きっと、またすぐにもとに戻る。そう自分に言い聞かせ、信じていた。

しかし、夫の暴力はエスカレートしていく一方だった。三日に一度が毎日になり、十五分が三十分にも一時間にもなっていった。何人もの人たちと握手した手でわたしの頬をうち、議員として走り回ったその足でわたしの脇腹を蹴った。

それでも、わたし自身のことなら耐えることができた。しかし、夫は娘にも手を上げたのだ。

夫が暴力を振るうのはいつもわたしと二人きりのときだった。我が家と夫の実家とは徒歩五分ほどの距離のため、娘はよくおばあちゃんの家に行っていた。お気に入りの犬がいたからだ。いつもこちらから迎えに行くのに、あの日は犬にお気に入りのリボンを結んであげるつもりだったらしく、夕方一人でリボンを取りにうちに戻ってきたところ、リビングで父親が母親の脇腹を蹴っているところを目撃した。

娘はわたしに駆け寄った。

パパ、やめて。

力強く訴えたものの、父親の普段見慣れない表情に恐れたのか、顔をゆがませてワンワンと声をあげて泣き出した。そんな娘を夫は突き転がした。

うるさい！　おまえまで俺をバカにするのか。

手を振りあげ、わたしには夫が迷いもなくそれを娘の頭上に振り下ろそうとしているように見えた。母親の本能だったのだろうか。力なく倒れていたわたしはとっさに起きあがり、夫の足元をめがけて飛びついた。

やめて！　と自分では言ったつもりだったが、隣家の年配の婦人は獣のような叫び声が聞こえたと後に証言している。

わたしに足をすくわれ、夫は頭から仰向《あおむ》けに倒れ、大理石の天板のついた飾り棚の角で後頭部を打ち、床にくずれ落ちた。わたしは倒れた夫の頭を目がけて、棚の上にあった置物を手に取り、力一杯振り下ろした。

街中を花でいっぱいにしたことに謝意を表する、わたしの名前が入ったブロンズのトロフィーだった。

わたしは片手に血のついたトロフィーを握ったまま、救急車と警察を呼び、自分が夫にしたことを包み隠さず話した。

夫は救急車で運ばれた直後に死亡した。

倒れただけなら正当防衛になったのに、物を使って殴ったとなっちゃなあ。

誰が言ったのだろう。警察か伯父か父親か。いずれにしても、混乱していたときの記憶の中に男の声で残っている。わたしはただ娘を守るのに必死だった。正当防衛などという言葉は頭の中になかった。

そして、決して、夫を殺そうとは思っていなかった。

しかし、誰もそんなことは信じてくれない。わたしの刑務所行きは確実だ。

ただひたすら娘を思いながら泣き過ごす毎日だった。

三日に一度は面会に訪れていた両親も、ここ数日は姿を見せていない。夫が市会議員だったこともあってか、事件は全国ネットで大々的に報じられたようだ。両親は、そして娘は、留置場にいるわたしよりも、もっと辛《つら》い思いをしているに違いない。

わたしに面会を求めている女性がいるという。

テレビ番組で名の売れている若手女性弁護士らしいが、うちの地域ではその番組が放送されていないため、誰なのかまったく見当がつかなかった。

――が、一目見た瞬間、わたしは彼女が誰だかわかった。

目の前にいるのは、中学時代を共に過ごした友人だったのだから。

*

田舎の公立中学校に通うわたしはあがり症が原因で、まともな受け答えをすることができなかった。特にひどいのは英語の時間だ。

きちんと前日に、辞書で発音記号を調べ、簡単な単語の上にも片仮名でルビをふっていくのに、授業中、本読みを当てられると、まず立ち上がった瞬間に頭の中が真っ白になり、クラスメイトの笑い声だけが耳元ではじけるようにこだまし、頬がカッと熱くなり、脇や背中から汗がダラダラと流れる。

本は開いていたはずなのに、あたふたと持ち上げているうちに一度閉じてしまい、居眠りをしていた生徒のようにあわてて当該ページを捜す。やっと読める態勢になって本に目を遣《や》ると、まっすぐ並んでいるはずの英語の文章は、ぐねぐねとのたくって入り交じり、三行目なのか四行目なのか、行を追うごとに区別がつかなくなる。せっかくふっていった片仮名のルビは初めて見る外国の文字のように、意味不明なものに見えてきて、まったく役に立たないものとなってしまう。

そのうえ、若い女性英語教師はわたしが詰まるごとに、深くため息をついた。それに併せて、早く読めよ、と男の子のあきれたような声が上がり、くすくすを通り越した女の子の意地悪な笑い声が広がる。

　どんなに詰まりながらでも、たった数分、おそらく五分にも満たないことであるはずなのに、読み終えて椅子《いす》に座ると、どっと疲労感があふれ出た。体育の時間の持久走の方がまだ楽に思えたほどだ。

　英語教師は、家で本読みの練習をしてきましょう、ともっともらしいアドバイスのようにわたしに言ったが、あの家族の前で声に出して英文など読めるはずがない。自分一人の部屋があれば声を潜めてでも練習できるかもしれないが、あいにく、我が家にそんなものはなく、机に向かっている隣にはいつも妹がいて、マンガやラジオ番組を声を上げて笑いながら楽しんでいる。

　練習などしようものなら、それらと同じように笑われるだけだ。

　あがり症が出るのは英語の時間だけではなかった。

　本読みは国語の時間にもあった。説明文など、単純に読めるものはまだましなのだが、物語はパニックを起こしてしまう。英語とは違い、まっすぐ書かれている文章がのたくって見えることはなかった。漢字もきちんと読めた。

　問題は抑揚の付け方がわからないことだった。

　抑揚を意識すると、イントネーションがおかしくなったり、声が裏返ったりする。だから、意識せず、説明文のように普通に読めばいいのだ、と解決策を思いついたのに、そのように読むと、中年の男性国語教師は、おまえの本読みはお経を読んでいるみたいだな、と皆の前で言ったのだ。

それ以来、国語の時間、わたしに本読みが当たると、クラスのお調子者の男子が机の角をシャーペンで叩《たた》き、読み終わると、カンペンケースを一度叩くのが習慣となった。木魚とリンを真似《まね》ているのだ。国語教師は自分がお経と言ったのに、それを受けてバカにするような行動を始めた生徒を注意することはなかった。

教師の認識として、バカにする程度の行為はイジメの範疇《はんちゅう》に入っていないのだろう。しかし、イジメの芽はたいがいそういったところに隠されているのだ。

子どもたちが中学に入ってまず最初にするのは、周りにいる人間の格付けだ。こいつとは仲良くしておいた方がいい。仲良くしたくはないが、逆らわない方がいい。仲良くすると損をする。こいつなら見下してもいい。

その結果の集計を取るわけでもないのに、ひと月も経てばクラスや部活動といった集団内での共通の認識として、それぞれの立場が決定付けられる。

わたしはクラス内で見下してもいい人物として認識された。部活動には入っていない。あの子のことは教師でさえも笑うのだ。誰が笑っても許されるだろう。

当然、そんな人物と仲良くしてやろうと思う子などいない。クラス内でだんだんと孤立してくる。用事があってわたしに話しかけると、別の子たちから、やだやだなんであの子と話してるの？　移っちゃうよ、と感染症患者と接したように扱われるため、わたしは用事すら伝えてもらえなくなる。

そこから、クラスメイト全員に無視されるようになる。

ただ、人間とは不思議なもので、無視すればするほど相手のことが気になるようだ。しかも、その相手が無視されていることに動じていないと察すると腹も立つようだ。初めはプリントを破かれたり、くつを隠されたり、次第に、廊下や教室の後ろで突き飛ばされたり、階段から突き落とされたりするようになった。

それすらもイタズラで済まされていたのだ。

十三歳のわたしは早くも、社会に対して絶望感を抱いていた。

やり直しができるとしても、高校生になってからだと思っていた。乗り越えなければならない中学生活は、終わりがくることなどないかのように長く長く感じられた。

二年生になり、クラス替えがあった。

三分の一は同じメンバーで、新クラスを書いた紙が張り出された途端、わたしの方を見ながら、えー最悪！　と大声で叫んだ女子が三人いた。そのうちの一人は一年生のとき別のクラスだった。クラス内でできた格付けは、クラス外にも浸透しているのだ。その子たちが女子の中心グループを結成しているのだから、何も変わることはないだろうと、すべてをあきらめきっていた。

ところが、だ。ゴールデンウイークから数日後の英語の授業で奇跡が起きた。

嘲笑《ちょうしょう》の中、相変わらずのしどろもどろで本読みを終えて席につくと、去年と同じ英語教師は次に本読みをする生徒を指名するため、名簿を見た。

「じゃあ次は、気を取り直して……」

教師がそう言うと、くすくすと笑い声が上がった。

「高坂《こうさか》さん」

教師に指名され、高坂小百合《さゆり》が立ち上がった。しかし、教科書を持っていない。どうしたの？　と首をかしげる教師に、小百合はキッと向き直った。

「気を取り直して、っていう言い方はおかしいと思います。堀端《ほりはた》さんはふざけて読んだわけではありません。誰のどんな気を取り直すんですか？　先生は英語のボキャブラリーはたくさんお持ちかもしれませんが、もう少し日本語を勉強された方がいいんじゃないですか。それより、教師として、人としての勉強をされた方がいいかもしれません。気を取り直して、って言ったとき、誰かが笑ったのが聞こえて、一瞬、したり顔をしたことに自分で気付いていますか。本当に醜い表情だったと思います。そうやって生徒に受けようとしているから、先生の授業はいつも教室内がざわざわうるさいんだと思います。この次の社会の授業はとても静かです。社会の先生が先生の授業中の様子を知って、自分の授業の前に、気を取り直して、なんて言ったら先生はどんなお気持ちですか。そういうことを全部理解したうえでの、気を取り直してなら、わたしは本を読みますが、単なる受け狙《ねら》いの軽はずみな発言なら、先生が堀端さんに謝るまでわたしは本を読みません」

小百合がそう言い放つと、英語教師は涙をためて、教室から駆け出してしまった。

その後は自習だ。取り巻きの子たちが小百合のもとにやってきて、あいつマジ調子乗ってるよね、などと英語教師の悪口を言い始める。わたしに向かって、えー最悪！　と叫んだ子たちだ。

小百合はわたしをかばってくれた。小百合以外の子が同じ行動をとったら、その子自身が今度は反感を買う対象になるはずだ。しかし、小百合は違う。小百合とは出身小学校も違い、同じクラスになるのも初めてだったが、明らかに周囲から一目置かれる存在であることは、ひと月あれば充分にわかった。

小百合の存在感を形成しているのは、まず容姿の美しさだろう。

きれいな子なら学年内に数人いる。いくらきれいでも、儚《はかな》げな、男子が思わず守ってやりたいと思うような顔の子は女子から反感を買い、イジメの対象になってしまう。しかし、小百合の美しさは凛《りん》とした他者とは明らかに一線を画した圧倒的な美しさだった。背が高く、背筋もすっと伸びていた。

その容姿に恥じぬくらい、彼女は勉強やスポーツもよくできた。英語の本読みも一度聞いたことがあるが、英語教師が、どこかに留学していたの？　と訊《き》いたくらい流暢《りゅうちょう》で正しい発音の読みだった。

そのうえ、高坂という名字は地元の名士に多く、医者であったり、会社を経営していたりと、小百合が親戚筋にあたるかどうかはわからなくても、金持ちの代名詞のような名字として認識されていた。おまけに名前が小百合だ。しかし、小さな百合は似合わない。少女マンガなら彼女のバックには大輪のカサブランカが描かれているのではないか。

当然のことながら、一学期のクラス委員長を務めている。

そんな小百合がわたしをかばってくれた。いや、そうではない。

彼女はわたしをかばったのではなく、無神経な物言いをした教師を糾弾しただけだ。だから、お礼を言う必要はない。喜んで舞い上がってもいけない。そう自分に言い聞かせたのは、自分の方から小百合に話しかける勇気がなかったからだ。

高坂さん、と声をかけるところまでは何とかできても、その後、ありがとう、のたった五文字を口にするのに、口ごもり全身から汗が噴き出し、彼女を不快な気分にさせてしまうのは容易に想像することができた。

しかし、授業後の休み時間、小百合の方からわたしの席にやってきた。仲の良い友だちのように、空いている前の席に座り、くるりと振り向いたのだ。

「ごめんね、堀端さんをいやなことに巻き込んじゃって。わたし、頭が悪いのにそれに気付かずえらそうに振る舞う人が大嫌いなの。社会の時間に習った『無知の知』に出てくる無知の人。堀端さんはどう思う？」

「わ、わたしは……」

顔がカッと熱くなるのがわかり、小百合から目を逸らして俯《うつむ》いた。

「最悪なのが無知の無知だよね。いいのが無知の知で、もっといいのが知の知。で、一番残念なのが、知の無知。わたし、堀端さんはこれだと思うの」

どういう意味だろう、と顔を上げたところでチャイムが鳴った。

社会の授業中ずっと、わたしは「知の無知」について考えた。自分に知があるのにそのように振る舞わない、もしくは、自分に知があることに気付いていない、という意味か。わたしはテストの点数はそれほど悪くはなかったが、通信簿はいいと言えるようなものではなかった。たいした知ではない。これで自分はできると思い込んでしまえば、それこそ「無知の無知」ではないか。

社会の授業終了後の昼休み、小百合は弁当を持って、一人で弁当を広げているわたしの席へとやってきた。彼女の取り巻きたちが、ひそひそとささやきながらこちらの様子を窺《うかが》っている。

「お弁当、一緒に食べていい？　堀端さんに大事な話があるから」

小百合はそう言うと、わたしの返事を待たずに近くにある椅子を引き寄せ、わたしの机の上に弁当を広げた。肉巻き野菜やほうれん草とノリとチーズを挟んだ卵焼き、手の込んだ彩りの美しい弁当だった。わたしのは冷凍食品だらけの茶色い弁当だ。

「自分で作ったのよ。どれか味見してみる？」

小百合はそう言って、わたしの弁当箱の蓋《ふた》に卵焼きを一切れ入れてくれた。この美しい子は料理までできるのか、と心の底から感心しながら、おそるおそる口に運ぶと、すべての素材の味がほどよくからまり合ったやわらかい味が口の中に広がった。

「おいしい」

自然と口をついて出てきた。

「ちゃんと、普通に話せるじゃない。卵焼き、本当においしかった？」

「う、うん。こんな、おいしいの、は、初めて食べた」

「じゃあ、お礼をしてもらっていい？」

「え？」

学習していたはずなのに気付けなかった自分をひどく恨めしく思った。やさしく話しかけてくる裏には、必ず黒い策略があるということを、去年、何度も経験したではないか。一緒に帰ろう、と声をかけられ、喜んでついて行くと、万引きを強要されて、必死で逃げ出したことだって。

「な、何を……」

小百合に命令されたら、万引きなどの犯罪行為も断ることができないような気がした。

すでに卵焼きが到着したはずのところがしくしくと痛んだ。

「読書感想文コンクールに出てよ」

小百合はさらりと言ったが、わたしは言葉の意味を理解することができなかった。

確かに、来月、全校行事の読書感想文コンクールがある。そのために、ゴールデンウイーク中に本を一冊読み、三日前の国語の時間に全員で読んだ本について作文を書いた。その中から担任がクラスの代表を一人選び、代表者は全校生徒の前で作文を発表し、上位三位までが表彰されるという地味な行事だ。

それにわたしが出る？　そもそも代表は立候補するものではない。担任が選ぶのだ。もしくは、すでに小百合が選ばれていて、わたしに代わりに出ろと言っているのか。何のために？　全校生徒の前でわたしに恥をかかせるために。

「何で、わ、わたしが、そんなこと……」

「堀端さんが選ばれたからよ」

小百合は間髪を容《い》れずに答えた。そして、わたしになぜこんなことを言っているのか、順を追って説明してくれた。

委員長の小百合は昨日の放課後、職員室に日誌を届けにいった。そこで、担任が国語教師と話しているのを耳にしたのだという。コンクールの代表を誰にするかという内容だった。担任と国語教師が候補に挙げていたのは堀端久実《くみ》、わたしの名前だった。

──でもなあ、堀端が全校生徒の前で作文を読めるかどうか。

担任教師が言った。

──ですよねえ。採点には内容だけでなく、表現の仕方も含まれるじゃないですか。そのため普通に読むだけでなく、身振り手振りを添えたり、抑揚をつけて朗読しなければならない。去年の優勝者は確か、途中でミュージカル調に短い歌とダンスを取り入れていましたよね。

国語教師が言った。

──そこまでやれとは言わないが、自分のクラスの生徒に入賞して欲しいとは思うし、選ばれた生徒は、選ばれなかった生徒の分までがんばることによって、個人ではなくクラス対抗の行事となり得るわけだからなあ。やっぱり、そうなると高坂かな。

──高坂の作文も悪くはないですよ。堀端の作文を高坂が読めればいいんですけど、そういうわけにはいかないし……。まあ、堀端以外はみな、どっこいどっこいだから、高坂を選べばいいんじゃないですか？

──かといって、堀端にひと声もかけないのはよくないだろうし、堀端に打診して断られたら、高坂に頼むことにしますよ。

そんなやりとりがあったとは。

「終わりのホームルームで、堀端さんは先生に呼び出されて、読書感想文コンクールの代表にならないかって言われるはずよ。それをちゃんと引き受けて欲しいの」

小百合はまっすぐわたしの目を見て言った。しかし、わたしはその目を見返すことはできず、茶色い弁当に目を落とした。

「そんなの、無理だよ」

「ねえ、堀端さん。あなたが今、わたしにどんなにひどいことを言ってるかわかってる？　いい作文を書いたのは堀端さんなのよ。なのに、あなたがそうやってうじうじしているから、わたしがたいした出来でもない作文を読まなきゃならなくなるのよ。わたしが断って、別の人になっても同じこと。堀端さんが引き受けなきゃ、みんな同じこと。たいしたことない作文に身振り手振りをつけながら堂々と読むことになるの。そんなの無知の無知じゃない。どんな顔して読めっていうの。あなたはそういう人を見ながら、本当は自分の方がいい作文を書いていたって、胸の内で満足しているのが嬉《うれ》しいの？」

知の無知とはそういうことか。

「そ、そうじゃない。わたしだって……」

「何よ、ちゃんと言いなさいよ。わたしはあなたのために恥を背負わされようとしているのよ。せめて、できない理由くらいちゃんと説明しなさいよ」

小百合の口調が強くなる。なぜ、わたしが責められなければならないのだろう。何も悪いことをしていないのに。しかし、ここで何も言えず、小百合を怒らせれば、今後の学校生活はさらに酷《ひど》いものになるはずだ。

「だって……。一生懸命やればやるほど、みんな笑うじゃない。ものまねするじゃない。いつまでもいつまでも、笑い続けるじゃない。バカにして、ネタにして、楽しんで。何ヶ月も、何年も。どうしてわたしばかりがそんな目に遭わなきゃいけないの？　高坂さんなら誰も笑わないんだから、出てくれたっていいじゃない」

「笑われたことがあるの？」

わたしは大きく頷《うなず》き、勇気を出して小百合に話した。


小学校低学年の頃、わたしの本読みはむしろよく褒められている方だった。セリフの部分は特に感情がこもっていると、わたしをお手本にするように言ってくれる先生もいたくらいだ。わたしはそれが嬉しくて、家でも繰り返し本読みの練習をした。

しかし、高学年になると、時折、自分の本読みの最中、くすくすと笑う声が聞こえてくるようになった。だがそれは、何か別のことで笑っているのだろうと、気にも留めずにいた。

そして、四年生の二学期の参観日だ。担任は中年の女性教師だった。参観日の前日、わたしは風邪を引いて休んだが、当日は無事回復して出席した。

参観授業は国語で、全員が「ごんぎつね」を席順に一人数行ずつ読んでいくことから始まった。わたしの番がきたのは終盤で、主人公の男がごんがやったことに気付くところだった。

何かおかしい、という気配は名前を呼ばれて立ち上がったときからあった。心なしか、周りの子たちがそれまでより高く教科書を持ち上げ、顔を隠したように思えたのだ。しかし、構わずわたしは読み始めた。心を込めて。

——ごん、おまえだったのか。

すると、クラス内でもお調子者の男の子がプッと吹き出し、それに続いていたるところから笑い声が上がった。教室の後ろに立っている保護者たちも笑い始めた。その中にはわたしの母の姿もあった。皆がわたしを笑っている。

わたしはワッと机に突っ伏すと、授業の間中、ずっと泣いていた。

家に帰ってからも涙は止まらなかった。妹が母に、どうしたの？　と訊《たず》ね、母は事情をこう説明した。

「お姉ちゃんの本読みがあまりにも上手《うま》くて、名子役みたいだったから、ついみんな笑い出しちゃったのよ。そうしたら、お姉ちゃん泣き出して、お母さん困っちゃったわ」

母があのあと逃げるように教室を出て、二学年下の妹のところに行ったことは知っている。もともと、わたしのところは少しだけ顔を出して、すぐに妹のところに行くことにしていたのだろうが、授業終了後、様子を見に来てくれてもよかったのではないか。

「ああ、お姉ちゃんの本読みおもしろいもんね。ごん、おまえだったのか……」

妹はわたしの口調を真似て、文中のセリフを言った。毎晩同じ部屋でわたしが本読みの練習をしているのを聞いていたのだ。

「あら、優奈《ゆうな》も上手じゃない。こうやって、みんなを喜ばせてあげればいいのよ」

母は手を叩いて喜んだ。妹は同じセリフを繰り返す。家族までわたしをバカにする。

悔しくて妹の頭を思い切りはたくと、妹は声をあげて泣き出した。

「いい加減にしなさい、久実。あんたのせいで、みんながつまらない思いをしてるじゃないの。明日、先生にも謝りなさい」

なぜ、わたしが叱《しか》られなければならないのだろう。そんな理不尽な思いで一夜を過ごして登校すると、同じクラスの女の子からさらに辛い事実を聞かされた。わたしが風邪で休んだ日の帰りの会で先生は皆の前でこんなことを言ったという。

――明日の参観日は国語で、全員に本読みをしてもらいます。上手に読める子、読めない子それぞれですが、一生懸命読んでいるのはみんな同じです。今日は久実ちゃんはお休みだけど、明日、久実ちゃんの番に笑ったり冷やかしたりするのは絶対にやめましょう。

わたしのあがり症が始まったのはこのときからだ。

小百合は納得してくれただろうか。

「なに、その先生。最低じゃない。堀端さんの番になったらみんなで笑いましょうって、子どもたちを煽《あお》ってるようなもんじゃない。子どもが笑うのは解《わか》る。すごいっていう感情を素直に表現できなくて、あと、褒めることに照れがあって、笑うしかなくなってしまうことってあるもん。でも、大人は許せない。それから、お母さんもちょっと悪いと思う」

教師のことはストレートに糾弾する小百合も、母親に関しては遠慮がちに言った。

「だから、やっぱり読書感想文は読めない」

小百合が怒ってくれたことに安堵して、一番伝えたいことを言った。しかし、

「だめよ。そんなことが原因なら、なおさら、今回のことは受けるべきよ。巻き返しのチャンスだと思えばいいじゃない」

「無理よ。今度もまた絶対に笑われる。授業中だって、みんな、笑ってるじゃない」

「今、笑われてるのは、堀端さんがちゃんと読めないからよ。それだって、よくないことだけど、堀端さんももう少し努力しようよ。もし、練習してちゃんと読んだのに笑う子がいたら、わたしが責任を持って、その子を堀端さんに謝らせる。無理やりコンクールに出させたわたしも謝る。練習にもつき合う。だから、がんばろうよ」

小百合に力強く肩に手をかけられ、わたしはゆっくりと頷いた。小百合は肉巻き野菜も一つくれた。残りの弁当を食べ終わると、昼休みの終わりを告げるチャイムが鳴った。

「じゃあね、久実ちゃん」

そう言って小百合は自分の席に戻った。下の名前で呼ばれたのは中学生になって初めてだった。

放課後、わたしは小百合の予告通り、担任に呼ばれ、読書感想文コンクールの代表になる打診を受けた。出ます、と小さな声で答えると、担任は驚いた顔をして、それでも笑顔を作り、そうかそうか、と勢いよくわたしの背を叩いた。

翌日の朝、担任は読書感想文コンクールのクラス代表がわたしに決まったことをクラスの生徒たちに伝えた。えー、と上がった声をかき消すように小百合が拍手をし、彼女の取り巻きたちが続き、そして、クラス全員からわたしは拍手を受けた。

その日からわたしは小百合のグループで弁当を食べることになり、食べ終えると、小百合と音楽室に行き、作文を読む練習を始めた。

太宰治《だざいおさむ》の「走れメロス」の感想だった。

わたしが書いた作文が優れていたのは、友だちのいないわたしが物語の中の二人の友情を心から羨《うらや》ましく思い、メロスの姿に、セリヌンティウスの姿に、自分の姿を同化させ、彼らと同じ体験をしたような気持ちになったからだろう。

自分が書いた文章なのにたどたどしく読みながら、正面に座る小百合の様子を窺うと、小百合は真剣な表情で耳を傾けてくれていた。このまま読み進めても、小百合は決して笑わない。そんな小百合をがっかりさせたくない。わたしは大きく息を吸ってゆっくりと吐き出し、一語ずつ丁寧に読んでいった。

読み終えて小百合を見ると、小百合は笑顔で頷きながら拍手をしてくれた。

「こんなすごい作文を笑う人なんていない」

小百合のひと言はわたしに百の勇気を与えてくれた。

三日ほど二人で練習をすると、今度はみんなに聞いてもらおうと、教室で練習をすることになった。昼休みの教室で、一緒に弁当を食べている小百合のグループの子たちの前で読んだときは、やはり指先が震えて脇や背中に汗をかいたが、小百合が隣にいることを確認しながら、詰まらずに読むことはできた。誰も笑わなかった。

「ただ走ってるだけの話だと思ってたのに、なんか、感動したかも」

「これって、優勝狙えるんじゃない？」

「わたしたちにも何か協力させてよ」

そんな声までかけてもらえた。八割は小百合に気を遣って出た言葉だろうが、それでも嬉しかった。どうすればもっとよくなるか、皆でアドバイスを出し合うことになった。

感情を込めるだけではなく、主張したい部分とそうじゃないところがはっきりわかるように強弱をつけたらいい。最後のセリフは天井に拳《こぶし》を振りあげて言ったらどうだろう。前髪を下ろすよりも、カチューシャで上げておでこを出した方が知的に見えて、説得力が出るかも。

練習にはグループ以外の子も加わるようになり、コンクール一週間前になると、クラス全員で作戦会議をするようになっていた。

皆で拍手を練習して、要所、要所で全員揃って拍手をしよう。久実ちゃんは拍手が始まると読むのを少し待ち、収まってからまた読み始める。最後は全員が立ち上がって拳をあげ、声を揃えて久実ちゃんの言葉を復唱しよう。

そんなふうに、ただの個人の朗読は次第に、クラス全員で作るパフォーマンスへと変わっていった。その中心に自分がいることが夢のようだった。

感情を込めて読むことも、身振り手振りを添えることも、恥ずかしくなくなっていた。他のクラスや学年の人たちに、笑われても構わない、とも思えるようになっていた。家でも練習した。母に読書感想文コンクールの代表に選ばれたことを伝えると、「昔から、人前に立つ素質があったじゃない」と脳天気に喜ばれた。

そして、コンクール当日。わたしは、わたしたちのクラスは二位の賞状をもらうことができた。

優勝した三年生のクラスは、パフォーマンスに校長先生を巻き込み、それで得点を伸ばしたのだが、「あんなの狡《ずる》いよね」とクラスの子たちと言い合うのさえも、わたしにとっては幸せなことだった。

小百合はひと言、「かっこよかったよ」と言ってくれた。

コンクール以来、授業中に笑われることはなくなった。

わたしがあがらなくなったからだが、たまに英語の発音が少しばかりおかしくても、笑う子はいなかった。くつも隠されなくなったし、プリントもきれいなものがまわってくるようになった。毎朝、おはよう、とみんなが声をかけてくれるのが嬉しかった。

小百合はコンクールが終わっても、わたしに優しく接してくれた。

弁当もコンクール前と同様、小百合のグループで一緒に食べていた。メンバーはわたしを含めて五人だ。

大嫌いだった昼休みは大好きな時間へと変わった。皆で好きな男の子のことをイニシャルで打ち明け合い、昨日は目が合った、あっちも気があるんじゃないの？　などとはしゃいだ報告をし合うのが、こんなに心ときめくことだとは思ってもいなかった。

久実ちゃん、ではなく、久実と呼び捨てにされるのも嬉しかった。

しかし、グループの一員だと思っていたのはわたしだけだったのだ。

気付いたのは、夏休みが始まる少し前だった。

昼休みにわたしと小百合で職員室に用があり、先にわたしだけ教室に戻ると、グループの子たちは好きな男の子のことを、実名で話していたのだ。わたしに気付き、あわてて口を閉じたが、わたしはそれに気付かないフリをした。

「あーあ、夏休みは楽しみだけど、Hくんに会えないのが残念」

自分からそんなことを言った。そこに小百合が帰ってきた。

「何？　Hくんのこと？　部活やってるんだから、学校に来れば会えるじゃない。M先輩はもう引退だから、寂しいのはわたしの方よ」

小百合はそう言ったが、わたし以外はMが何という名字か知っているのだ、と思うと胸の奥をギュッと握られたような痛みを感じた。いじめられっ子のわたしを救ってくれたのは小百合だ。親切にもしてくれる。それで充分なはずなのに、心を許してくれているわけではない、と知るとやはり悲しかった。

友だちはできた。だけど親友はいない。

親友とは何だろう。読書感想文にこんなことを書いた。

親友とは命をかけて自分を守ってくれる人のことであり、いや、そうではない。

自分が命がけで守りたいと思う人のことだ。

書いておきながら、わたしは小百合から与えられることばかり望んでいる。

わたしは小百合から友情を与えられ、所属するグループと複数の友だちまで与えてもらった。

それが今度はどこまで受け入れられているのかと考える。考えれば考えるほど、わたしは独りぼっちでいるときとは別の種類の孤独を感じるようになった。しかし、深いところに落ちていく感情を踏みとどめる方法もわかっているつもりだった。

わたしが気付かないフリをしていればいいことだ。そうすれば、独りぼっちに戻ることはない。

しかし、夏休み明け、気付かないフリをするには辛い出来事が起こった。

二学期に入って最初の昼休みだった。

「お土産があるんだ」

一学期と同じメンバー五人で弁当を食べ、片付けたあと、メンバーの一人が言った。彼女は日に焼けた顔で、夏休みに家族でハワイ旅行に行ってきたのだと教えてくれた。小百合は、すごいじゃない、と言い、他の二人は、いいなあ、と羨ましげな声を上げた。わたしも、いいなあ、と言った。お土産にも期待した。

ハワイに行った子は、得意げにカバンの中から小さな紙袋を出して、中味を机の上に並べて言った。

「ムーンストーンよ。きれいでしょ。どれでも好きなのを一つずつ選んで。自分用には指輪を買ったんだ。願い事が叶《かな》う石らしいから、みんなでお揃いで持ってようよ」

ペンダントとブレスレットとピアスが一つずつ。いずれも、白い半透明の小さな丸い石が付いていた。

ムーンストーン――月の石。母親が持っているような気取った宝石ではなく、とても神秘的でおしゃれな石だと感じた。しかし、アクセサリーは三つしかない。

ハワイに行った子は、あれ？　しまった、という顔はしていない。かといって、わたしの反応を見て意地悪な笑みを浮かべているわけでもない。早く選んで、とニコニコしながら言っている。

小百合以外の二人も、どれにする？　と顔を見合わせ、小百合にも訊ねているが、わたしの方はまったく見ない。真剣な顔でどれにしようかと悩んでいるようだ。

お土産の数とグループのメンバーの数が合わない。ないのは確実にわたしのだ。

わざと買ってこなかったのではないだろう。初めから、ハワイに行ってきた子の中ではグループのメンバーにわたしはカウントされていないのだ。一緒に弁当を食べていても、グループのメンバーではない。もし明日、わたしが一人で弁当を食べていても、彼女たちは気に留めもしないのだろう。

小百合は無表情のままアクセサリーを眺めている。

鼻の奥がつんとしてきた。嘘《うそ》でもいいから何か用事を作ってこの場を離れたい。その間に皆でお土産を分け合い、わたしが戻ってきたときにはカバンの奥にしまっておいて欲しい。

それとも、こんな状況はまったく気にしていないという態度を取ればいいのか。自分のお土産がないのは当然といった顔をして、通りすがりの別のグループの子のように「えーいいなあ。みんな早く選んでつけてみてよ」とでも言えばいいのだろうか。

そんなことができるほど、強いハートは持ち合わせていなかった。なんとか言えたとしても、涙をぼろぼろと流してしまうだろう。ただ、固まって無言のまま、そこにいることしかできなかった。

「これ、もらっていい？」

小百合が手を伸ばした。取り上げたのはピアスだ。しかし、彼女は耳に穴を空けていない。他の二人は空けていた。学校にピアスをしてくるのは校則で禁止されていたが、穴を空けるのは禁止されていなかった。

「いいけど、小百合、ピアスの穴空けるの？」

ハワイに行った子が訊ねたが、小百合は答えず、直径5ミリの白く丸い玉に金色の金具がついただけのシンプルなデザインのピアスを台紙から外し、続いて、制服の胸元につけていた名札を外した。まさか安全ピンで今から穴を？　とドキッとしたが、小百合に限ってそんなことをするはずがない、と小さく頭を振った。

「久実、名札貸して」

突然、小百合に言われた。名札は横長長方形の黒い革台に白糸で名字が刺繍《ししゅう》してあり、名字の上に校章と学年章のピンバッジを並べて嵌《は》めるというタイプのものだった。

わたしは意味がわからないまま、名札を外して小百合に渡した。指を刺さないように安全ピンを閉めて渡したのに、小百合は受け取ると、安全ピンを開けた。

針先を自分の名札の右下辺りに突き刺す。針を抜くと、革台に小さな穴ができていた。そこに小百合はピアスを一つ差し込み、後ろから留め金を嵌めた。

続いて、同じことをわたしの名札にもした。

「はい、久実のぶん」

小百合に手渡されると、名字の斜め下に小さな丸っこい玉が光っていた。『堀端。』というデザインのように見えた。

「かわいいでしょ。ピアスを見た瞬間、こうしたいなって思ったの」

小百合はわたしにそう言うと、他の二人に「わたしと久実で先に決めちゃってゴメンね」と言い、ハワイに行ってきた子に「素敵なお土産をありがとう」と言って、名札を制服につけた。

わたしももごもご「ありがとう」と言い、名札をつけた。

「どういたしまして」

少しとまどった声が返ってきただけで、それ以上は何も言われなかった。

他の二人も「かわいいね」と軽く流すように言いながらジャンケンをして、ペンダントとブレスレットをそれぞれ取った。

「ムーンストーンって、願いが叶う石なんだよね。体育祭のときに、宮下《みやした》先輩と一緒に写真を撮ってもらおうかな」

小百合が名札の石を人差し指で触りながら言った。宮下先輩――M先輩だ。

「えっ、小百合」

他の子たちが驚いた声をあげる。

「イニシャルなんて面倒だし、紛らわしいじゃない。久実はどうするの？」

小百合がわたしを見る。

「わたしも春田《はるた》くんに頼んでみようかな」

わたしも名前を出してみた。

「ええ？　春田くんだったの？　林原《はやしばら》くんだと思ってた。やっぱ、紛らわしいよね」

他のメンバーの一人に言われ、その日からそれぞれ好きな人はイニシャルではなく、名前で言い合うようになった。

しばらくして、学年の女子のあいだで名札にピアスを嵌めるのが流行《はや》り、その日の気分でつけ替えてくる子もたくさんいたが、わたしと小百合は卒業まで、ムーンストーンのピアスをつけていた。

それからの中学生活はただただ楽しい思い出ばかりだ。

二年生の終わりに小百合が生徒会副会長に選ばれた。小百合に誘われて、わたしも会計として生徒会役員になった。生徒総会で、全校生徒の前で会計報告を読み上げるなど、一年生のときのわたしには想像もつかなかったことだ。

小百合とは三年生のクラスも同じになった。

読書感想文コンクールは他の子が代表に選ばれたが、小百合やクラスメイトたちと一緒になってわたしも協力し、一位の賞状をもらうことができた。

受験シーズンを迎え、成績が徐々に上がっていたわたしに担任は、学年で一人受かるかどうかという、県でも一、二を争う進学校を、思い切って受けてみたらどうだと勧めた。わたしに期待を込めているというよりは、毎年三人くらい受けさせることが慣例となっているため、上位三人に声をかけてみた、といった具合だった。

受かる自信などまったくなく、親には「記念受験として受けてみればいい」と期待のこもらない言葉をかけられ、とりあえず願書を出したのだが、小百合だけは「久実なら絶対に受かる」と言い続けてくれた。

「久実は自分を解放すれば、もっともっと上に行ける人だよ」

その言葉に励まされ、猛勉強し、わたしは合格通知を受け取った。

小百合は地元のお嬢様が通う女子校に進学することが決まった。

卒業式の日、わたしは小百合と互いの名札を交換し、固く握手をして別れた。

パソコンや携帯電話がある時代ではなく、わたしが学生寮に入り、街から離れると、小百合と連絡を取り合うことは日を追うごとに少なくなり、やがて途絶えてしまった。

しかし、わたしの右耳にはいつも、ムーンストーンのピアスがある。

＊

「わたしに全部まかせて」

わたしの目の前にいる久実は、わたしの目をまっすぐ見つめてそう言った。野暮ったい雰囲気が消え、品のいいスーツをさりげなく着こなしている姿は、本当に久実だろうかと疑ってしまいそうなのだが、知的なおでこは中学生の頃とまったくかわってなく、やはり久実なのだと安心することができた。

久実が弁護士になるなんて。テレビで事件を知り、駆けつけてくれたなんて。

「でも、わたしは夫を転倒させただけじゃなく、置物で頭を殴ってしまったの。勝ち目なんてないし、こんな裁判を受けたら久実の名前に傷が付くわ」

嬉しかったが、久実の足を引っ張るようなことはしたくなかった。

「闘う前にあきらめるなんて、小百合らしくない。娘さんのためにも、がんばろうよ。わたしは負けるなんて思ってないから」

「でも、久実みたいな有名な弁護士は弁護料も高いんでしょ。わたしにはそんなお金とてもじゃないけど払えない」

わたし個人の預金は、夫の落選以降、家計用の口座に移し替えた。

「何言ってるの。小百合からお金なんて取るはずないじゃない」

「それはダメよ。そんな特別扱いをしてもらうほど、わたしはあなたに何もしていないもの」

「わたしの姿をよく見てよ。あがり症だったわたしが弁護士になれたのは、小百合のおかげじゃない」

久実の本読みは当初、本当に酷かった。しかし、わたしはあがり症を直してあげたいと思って声をかけたわけではない。十代の頃、やたらと正義感の強かったわたしは、いつも正しいこととは何なのかを考えていた。そして、人は正当に評価されなければならない、という答えらしきものに辿《たど》りついた。

見た目やイメージで人を判断してはならない。周囲が誤解をしていても、自分は他者の内面の美しさや隠れている才能を見つけられる人になろう。

なんと高慢な女子中学生なのだろう。

そんな思いで読書感想文コンクールに出るようにと説得した女の子は、少し関《かか》わると想像以上に聡明だということがわかり、彼女自身がそれに気付いていないことをもどかしく思ったものだ。しかし、才能は自らの力ですぐに開花した。

「わたしは何かきっかけは作ったのかもしれないけど、もともとは全部、久実が持っていたものよ」

「きっかけがないまま一生を終える人もたくさんいる。でも、目に見えないものっていうのは、共通の出来事であっても、捉え方は違うのかもしれない。だから、もっと単純に、わたしが小百合からもらった宝物のお礼をさせて」

「宝物？」

聞き返すと、久実はカチューシャをした長い髪の右側を耳にかけた。

「これ」

指差した先、久実の右耳たぶには、白い半透明の丸い石、ムーンストーンがあった。

電灯に反射してきらりと放たれた小さな光は、もう戻れない一番輝いていた時代を呼び戻す。

――友よ、きみのためならこの命をかけて闘おう！

天井に拳を振りあげ堂々と言い放った久実の言葉だ。

「お願いします」

そう言うと、友はわたしに、力強いまなざしで優しく微笑《ほほえ》んだ。

サファイア

――二十歳の誕生日プレゼントには、指輪が欲しいな。

人生初のおねだりだった。

母親が言うには、わたしは幼い頃から一度もモノをねだったことがない子どもだったらしい。ねだる必要がないくらい裕福な家庭で、何でも買い与えられていたわけではない。父親は田舎《いなか》の町工場の作業員で、母親は自宅でミシンがけの内職、我が家は贅沢《ぜいたく》とはほど遠い生活を送っていた。

物心ついた頃から、丸いケーキが誕生日プレゼントで、お菓子の詰まった長靴がクリスマスプレゼントだった。どこの家庭でもそうだと思っていたので、侘《わび》しい気分になったことはなかった。買い物も近所の食料品店くらいにしか行ったことがなかったので、子ども心をくすぐるようなキラキラしたかわいいモノを、身近なところで見ることもなかった。これも、おねだりをしたことがない原因の一つだったかもしれない。

だんだんと年齢を重ねていくと、行動範囲も広がり、きれいだな、かわいいな、欲しいな、と感じるモノも出てくるようになったが、その頃には、自分の家が経済的に潤っていないということにも気付いていた。それに加えて、母親が他人からモノをもらうのを嫌がる人だったので、飴玉《あめだま》を一つ差し出されても「いいえ、けっこうです」と断るのが一般的な対応だと思い込んでいた。

欲しいモノは親や他人にねだるのではなく、自分で手に入れるものなのだ。少ない小遣いをコツコツと貯《た》める。自分でお金を稼げるようになってから買う。そう自分に言い聞かせているうちに、「ねだる」という言葉すらわたしの頭の中から抜け落ちていった。

そのため、たまに親から「好きなものを買ってあげる」と言われると、かえって困ってしまうということが起こった。欲しいモノはたくさんあるはずなのに、頭の中が真っ白になってしまい、何を頼めばいいのかわからなくなってしまうのだ。さんざん迷った挙句、あまり高くないモノを買ってもらうのだが、果たしてこれは本当に欲しかったモノなのだろうか、と首をひねってしまうこともよくあった。

親でそうなるのだから、他人に至っては、「買ってあげる」などと言われると、「いいえ、けっこうです」と断るのに必死になり、そうこうするうちに、わたしに「買ってあげる」と言ってくれる人は誰もいなくなってしまった。

モノを買ってもらうのと同様に、奢《おご》ってもらうのも苦手だった。

大学生になり、それほど親しくない男の子数人に「飲みに行こう」と誘われたとき、一緒にいた友人たちが「奢ってくれるなら行ってもいいよ」と口を揃《そろ》えて答えたのには、耳を疑った。なんて非常識な子たちなんだろうと、若干あきれもした。

奢ってもらう理由など何もないではないか。

結局、飲みに行くことになり、会計時に「ごちそうさま」と明るく言い放つ子たちの隣で、わたしは一人、財布を取り出し、「わたしの分は請求してください」と言った。

その途端、冷たい空気が流れた。

それでもわたしは、そういう女はかわいくないのだということに気付かなかった。

飲み会は苦手だな、団体行動は苦手だな、合コンなんて勘弁してほしいよ、と華やかな集団から離れていっただけだ。

代わりに、一人旅を好きになった。旅行など、修学旅行以外ではしたことがなかったので、とてもたいそうでお金がかかることだと思っていたが、アパートの隣の部屋に住んでいた一つ年上のタナカという男子学生に、青春18きっぷを買ってほしいと頼まれ、世の中にそういうものがあることを初めて知った。

一枚二千二百六十円の切符でJRの電車に一日中乗り放題だというのだ。しかし、切符は五枚一綴《つづ》りで売られている。タナカは山へ行くために往復分二枚必要で、毎回一綴り買っては残りの三枚を友人たちに売っていた。しかし、そのときは仲間内で残り一枚に買い手がつかなかったらしい。

だからといって、口も利いたことのないアパートの隣人に、訪問販売のようなやり方で売りに来るのはどうかと思ったが、愛想のいい口ぶりでそれがどんなにお得な切符なのかを説明されると、買ってみようという気になった。使用済みの時刻表までつけてもらうと、「ありがとう」とお礼を言ってしまうくらい、いい気分になっていた。

早速使ってみることにしたが、青春18きっぷが一枚ということは、日帰り旅行になる。特急には乗れない。一日でどこまで行って帰れるのだろうと時刻表を開くと、想像以上に遠いところまで行けることがわかり、日本三景の一つに行ってみることにした。

見知らぬ土地に来たという解放感のおかげか、初対面の人とも気軽に話すことができたし、電車で向かいに座ったおばさんにおまんじゅうを差し出されても、「ありがとうございます」と笑顔で受け取ることができた。お返しに飴をいくつか差し出したけれど。

それからわたしは時間が許すかぎり、旅に出るようになった。

喫茶店のウエイトレスのアルバイト代はほとんど旅につぎ込んでいたため、周囲の女子大生が当たり前のように持っていたブランド品のバッグも、オシャレな服も持っていなかった。しかしそれよりも、知らない土地で感動的な景色に出会えたり、そこで生活している人の声を聞くことの方が何倍も魅力的で、そんなモノは欲しいとも思わなかった。

旅はわたしにキラキラと輝く世界をも与えてくれた。

中瀬修一《なかせしゅういち》と出会ったのは、大学一年生の夏の終わりだった。

T湖の遊覧船に乗ろうと、八百円の切符を買うため、券売機前で財布を開くと一万円札しかなかった。売店で両替をしてもらおうと思ったが、近くに見当たらない。まもなく船が出るというアナウンスが流れた。その日の最終便だった。あきらめようかと財布を閉めたところに、切符を差し出された。隣の券売機で券を買っていた男の子はわたしに切符を握らせると、「急ごう」と駆け出した。

慌ててわたしも追いかけて、船に飛び込んだ。

「ありがとうございました。降りたら売店を捜して、お金を崩してすぐに返しますので」

肩で息をしながらお礼を言うと、彼は笑いながら「別にいいよ」と答えてくれた。しかし、わたしにとってはそういうわけにはいかず、「旅の恥はかき捨てちゃいけません」とか「一期一会なのに、借りを作っちゃダメです」などと訳のわからないことを繰り返すうちに、受け取ってもらえることになった。

やっと落ち着き、デッキに並んで座ると、互いに自己紹介をした。彼はわたしより一つ年上で、K大学の学生だということがわかった。

「なんだ、けっこう近いところに住んでるんだ」

外国で日本人に遭遇するとこんな気分になるのだろうか。彼のひと言に親しみが湧《わ》き、わたしたちは互いに旅で見たもの感じたことについて話した。拠点が近いと旅のルートも似てくるのか、共通の場所がいくつも出てきた。

「土産物屋のおばさんにおいしいおそば屋さんを教えてもらって行くと、店主のおじさんが今日のおすすめはカレーだって言って、勝手にカレーを出されたんです。でも、それがものすごくおいしくて」

「それってもしかして、長寿庵《ちょうじゅあん》？　俺も行ってカレーを食った。めっちゃ美味《うま》くて、ものすごく得した気分になったけど、土産物屋とそば屋はグルだな」

そんな話をしていると、自分の思い浮かべる景色の中に自然と彼の姿も入ってきて、二人で一緒に旅をしたような気分になった。

船が湖を一周し終わる頃、彼は使い古したカバンから手帳を取り出してページを一枚切り離し、何かを書いてわたしに差し出した。

「船代は帰ってから返してもらえないかな」

待ち合わせの日時と場所だった。

「都合が悪かったら電話して」とさっと電話番号も書き足した。

街中で同じことをされたら絶対に受け取らないはずの紙切れを、傾きかけた陽《ひ》を受けてキラキラと輝く湖の上でなら当たり前のように受け取ることができたのが、なんだかとても不思議だった。

しかし、再会は街中でだ。彼の指定した待ち合わせ場所は、彼のアパートとわたしのアパートのちょうど中間地点にある、駅の改札前の時計台だった。

旅先で開いていた心をすっかり閉ざし、待ち構えていたように封筒に入れた八百円を渡したのに、彼はそれをカバンのポケットにねじ込むと、「じゃあ行こうか」とまるでデートの約束でもしていたかのように、わたしの手を引いて映画館に向かった。

映画を見て、お茶を飲んで、ぶらぶら歩いて、食事をして。

待ち合わせと同じ場所で別れるまで、彼はわたしに一度も「どこに行きたい？　何が見たい？　何を食べたい？」などと訊《き》かなかった。すでに映画の券を買っていたし、ちょっと待ってて、と言われるまま立っていると、テイクアウトのコーヒーを買ってきてくれたし、串かつ屋に入ると、お任せコースを勝手に注文し、出て行くときには知らないうちに会計が終わっていた。

それでも、別れ際に今日の分のお金をきちんと払わなければと思っていた。

なのに、それすらも、彼はわたしが切り出す前にこう言った。

「今日は俺がやりたいことにきみをつき合わせたんだから、お金を払います、はなし」

そうは言われても、映画はわたしも前から見たいと思っていたものだったし、コーヒーも好きだし、串かつも好きだし、選んでくれたものはどれもおいしかった。

わたしは納得できない顔をしていたのだろう。彼はこう続けた。

「でも、それじゃあ気が済まないってことなら、今度、何か手料理を食べさせてほしいなあ、とは思うけど、嫌だったら断って」

タナカのようにぺらぺらと言葉が出てくるのではなく、なんとなく、わたしのために用意してきてくれた言葉を一生懸命さりげなく言ってくれているように感じて、わたしは「今日はありがとうございました」と頭を下げた。

「料理はけっこう得意です」と早口で続けて頭をあげると、彼はとても嬉《うれ》しそうな顔をしてくれていた。

翌週、わたしはアパートの部屋を徹底的に掃除して、一番得意な煮込みハンバーグを作って彼を迎えた。彼は「おいしいおいしい」と言いながら食べてくれ、満足そうな顔で「ごちそうさまでした」と手を合わせてくれた。

「材料代を払うよ」と言われるよりも、そうしてもらえることの方が何倍も嬉しいということに、わたしはようやく気付いたのだ。

出会ってひと月後の九月、わたしは十九歳の誕生日を迎えた。

修一はわたしに口紅をプレゼントしてくれた。有名なブランド品だった。小さな包みを渡されたときに、そうではないかと予感はしたが、いざ本当にそれが出てくると、どうしてこんなものを選んでくれたのだろうと不思議に思った。

化粧水や乳液といった肌の手入れ程度のものは使っていたが、それ以上の化粧はまったくしていなかったからだ。髪も伸ばしたままゴムで束ねているだけだったし、服もほぼ毎日Tシャツとジーンズだった。靴は当然スニーカーで、カバンは高校生のときに買ったりユックサックを愛用していた。

もう少し身だしなみにも気を遣えということだろうかと、お礼も言わずにキャップを開け、しばらく明るいピンク色を眺めてしまった。

「やっぱり、失敗か。誕生日に何が欲しいか訊くと、多分、俺に気を遣って、いらないとか、それほど欲しくない安いモノを言うだろうなと思って、勝手に選んでみたんだけど、気に入らなかった？」

「そんなことない」

行動を予測されていたことに驚いた。

「でも、どうしてこれを選んでくれたの？」

「いや、単純に、こういうのつけたところも見てみたいなと思って。デパートのお姉さんには新色を勧められたけど、絶対こっちの方が似合うってこの色にしたんだけど、新色の方がよかったかな」

新色など一度もチェックしたことがなく、どんな色なのかもわからなかった。

「ううん、すごくきれいな色。次に会うときに、これ、塗っていくね」

その場で塗った方が喜んでもらえたのかもしれないが、上手に塗れる自信がなくて、キャップを閉めて片付けてしまった。

「めっちゃ、楽しみ」

そんなふうに言われると、ぜひとも期待に応《こた》えたいと思った。

翌週、待ち合わせの時計台前に立っているあいだじゅう、落ち着かなかった。

待ち合わせは大概わたしが先に着いていて、彼は改札を抜けてわたしを見つけ、「お待たせ、お待たせ」と走ってくるのがいつものパターンだった。

しかしその日は、彼は改札を抜けても走らなかった。きょろきょろと辺りを見回しながら歩いてやってくると、わたしから二メートルほど離れたところに立ち、腕時計を確認したのだ。

わたしは自分から彼におそるおそる近寄り、声をかけた。待たせたわけではないので「お待たせ」と言うわけにもいかず、「こんにちは」と言ってみた。

すると彼はわたしを数秒眺め、「わっ」と言って後ずさった。

「別人じゃん」

そのひと言に、化粧が濃すぎたのだろうか、服が似合ってなかったのだろうかと、とにかくその場から逃げ出したい気分になったが、言葉とは裏腹に、彼がとても嬉しそうな顔をしているのに気付くと、今度はホッとして泣き出したい気分になってしまった。

「めっちゃ、かわいい」

生まれて初めて言われた「かわいい」という言葉をどう受け止めていいのかわからず、わたしは彼にどうしてこの姿で来ることになったのかを必死になって説明した。

まず、すっぴんの顔に口紅だけ塗ると、唇だけが浮いているみたいになったので、きちんと顔全体に化粧をすることにした。全部新しく買い揃えたわけではない。大学生になる際に、母親がひと揃え買ってくれていたのだ。化粧の講師は周囲に揃っていた。大学の女友だちに「化粧のしかたを教えてほしい」と頼むと、皆、「ついにその気になったのね」と言いながら、はしゃいだ様子で教えてくれた。

そうやって化粧をした顔を鏡に映してみると、今度は伸ばしっぱなしの髪が浮いてしまっているように感じ、半年振りに美容院に行ってみた。化粧をしたまま行って「これに合う髪型をお願いします」と言うと、「口紅のピンク色に合わせて、全体を軽いかんじにしますね」と、セミロングのふわふわしたヘアスタイルにしてくれたのだ。

美容院でケープをとられると、今度は服が合っていないような気がした。クローゼットの中身を思い出しながら、スカートを一枚買うことにした。スカートを穿《は》くのは高校の制服以来だったが、ひらひらのフレアースカートは思ったより穿き心地は悪くなかった。

しかし、スニーカーは合わない。スカートと同じ店で靴も買ってみた。ヒールの高い靴をはくと、猫背ぎみだった背中がぴんとまっすぐに伸びた。そうしなければうまく歩けないのだ。待ち合わせ場所に来るまでに三、四回つまずいたが、そのたびに背筋を伸ばし直してみた。

最後に、バッグはわたしに化粧のしかたを教えてくれた子たちが、口紅の出どころを知り、「誕生日くらい教えてよね。友だちなんだから」と言って、口紅の色に合わせて、皆で買ってくれたものだ。

「なんかもう、感動的だ」

彼は何度もその言葉を口にし、そのたびにわたしはドキドキした。これから彼と会うときは毎回化粧をしようと思ったし、ファッション雑誌でもっとオシャレについて研究してみるのもいいかもしれない、などと向上心まで芽生えていた。

しかし彼は、彼のアパートで化粧を洗い落としたわたしを見て、こんなことを言ったのだ。

「なんかさ、別人と会ってるみたいで落ち着かないから、どっちかに統一しよう」

ガツンと後頭部を殴られたような気分になった。もう、すっぴんは見せてくれるなということか、と。

「どっちかって？」

「化粧をするのとしないのと」

「どっちが好き？」

破れかぶれで訊いてみた。それなのに……。

「どっちも好きだから、しなくていい」

あのときわたしの胸を満たしていたのは何だったのだろう。キラキラと輝いて見えたのは何だったのだろう。

「せっかく買ってくれた口紅が使えない」

「じゃあ、お互いの誕生日とか、クリスマスとか、特別な日だけにしよう。というか、普段は絶対してほしくない。アパートの隣の部屋のヤツなんか、要注意じゃないか。来年になると、なかなか会えなくなるのに」

理工学部の彼は三年生になると、研究室に週の半分は泊まらないといけなくなるということを、その日初めて知った。予告を受けて、会えなくなることは想定できたのに、彼がアルバイトをする時間がなくなることは想定できなかったのだ。

年が替わり、六月の彼の誕生日にはカバンをプレゼントした。

四月から、予告通りに彼とは二週間に一度くらいしか会うことができなくなり、五月の連休も久しぶりの一人旅に出ることになった。一人でいたときは一人旅があんなに楽しかったのに、二人になったあとの一人旅はひどく虚《むな》しかった。

美しい景色や珍しい自然現象を目にしては、彼ならどう感じるだろうと考え、おいしいものを食べては、彼が好きそうな味だなと思う。帆布製品の手作り工房に立ち寄り、世界にたった一つの品をオーダーできると言われても、自分のモノを頼もうとは思わず、彼の誕生日も近いことだし、とプレゼント用にカバンを作ってもらうことにした。

深いえんじ色の、A4のファイルが入る大きさのショルダーバッグ、デザインはシンプルに、だけど金具はこのちょっと変わったのを使ってください。カメラを入れるポケットを付けてください。

店にあるサンプル品や写真を見ながら、彼に喜んでもらえそうな箇所を片っ端からあげていったため、正直、頭の中のイメージがきちんと伝わっているのか自信がなかった。おまけに、プレゼント包装まで頼んでいたため、彼が開けるまでわたしも見ることはできなかった。作り手のセンスを信じるしかないのだが、最悪だった場合は自分で使おうと思っていた。

しかし、彼が包装を解き、実物を見ると、まるで、これをくださいと注文したかのように、イメージにぴったりな仕上がりとなっていた。「こういうのが欲しかったんだ」と彼が喜んでくれたのがとても嬉しかった。

「一生これを使うよ」

そう言われ、それは大袈裟《おおげさ》だと思いながらも、自分も一生身につけられるものが欲しいという思いが、心の片隅に芽生えた。口紅も、毎日身につけようと思えばできるが、特別な日だけということになったし、なんといっても消耗品だ。

何かアクセサリーがいい。ペンダントやブローチ、ブレスレット。どれも嫌いではなかったし、旅先で気に入ったものを自分で買うこともあった。化粧をするよりも手間はかからず、気楽に使用することもできる。だけど、一生モノという感覚はない。

いや、そんなこまかいことまで考えていただろうか。単純に、大学の友人たちが恋人からもらったという指輪を誇らしげに見せてくるのを、うらやましいと思っていただけではないのか。友人たちはバッグもスカーフも財布も、自慢できそうなモノはとりあえず全部見せびらかしてきた。しかし、口では「いいね」と言いながらも、自分も欲しいと感じたことはなかった。

一度、腕時計をオシャレだと感じたことはあり、店を訊《たず》ねて自分で買ったことはある。

しかし、指輪は別だった。自分も欲しいと感じ、彼にプレゼントしてほしい、彼の手からわたしの指に嵌《は》めてほしい、と強く願ったのだ。

そして、それを頼んでも許されるのではないかとも思った。

だから、次の、二十歳の誕生日には指輪が欲しいと頼んだ。

「やっと、自分から欲しいものを言ってくれた」

彼はそう言って、「一年かかったな」とつけ加えた。

船代の八百円から始まり、彼にとってのわたしが心を開いた証拠というのが、何かモノをねだってもらうことだったらしい。

「ねだる」イコール「心を開く」という式が成り立つのだとしたら、彼はわたしの人生で初めて心を開いた人ということになる。

心を開いた最初で最後の人ということに――。

二十歳の誕生日の前日、待ち合わせはいつもと同じ駅の時計台前だった。

化粧をしてきたが、もうわからないということはないだろうと、駅の改札に彼の姿が見えるのを今か今かと待っていた。しかし、彼はなかなか現れない。夕方六時の待ち合わせなのに、二十分を過ぎても現れなかった。

待つのはいつもわたしの方だったが、それはわたしが約束の時間よりも十五分早く来ていただけで、彼はだいたい時刻通りに着いていた。それなのに、どうしたのだろう。腕時計から目を上げて、時計台の時刻も確認した。わたしの時計だけが早く進んでいたわけではない。現れないのは彼だけではなく、わたしと同じように誰かを待っている人たちからも、どうしたのだろうという声が上がっていた。

ほどなくして、K線のD駅で人身事故が起きたため電車の到着が遅れている、というアナウンスが駅構内に流れた。だから彼はまだ来ないのかと理由がわかりホッとした。D駅が彼のアパートの最寄駅であることを知っていても、彼の身に何か起きたということは、想像もしていなかった。

三十分おきに公衆電話から自宅の留守番電話のメッセージを確認したが、彼からのメッセージはなかった。電車が復旧したのか、改札から急ぎ足の人たちが溢《あふ》れ出してきても、彼の姿はどこにもなかった。同じ場所で待っている、と彼のアパートの留守番電話にメッセージを残して終電まで待ったが、彼は現れず、わたしはアパートに戻った。アパートの前で彼が待っているのではないか。そんな想像をしながら。

しかしながら、アパートの部屋の前には誰もおらず、ポストの中もからっぽで、部屋に入っても留守番電話の点滅もなかった。

彼が現れたのは、わたしの夢の中にだった。

「口紅は特別な日だけにって言ったけど、指輪は毎日嵌めておくように」

そう言って、夢の中の彼はわたしの右手の薬指に指輪を嵌めてくれた。

「左手じゃないの？」と訊ねると、彼は少し寂しそうに笑った。

「九月の誕生石、サファイアだ」

わたしはそう言って、右手の薬指で輝く深い青色の石を眺めたが、朝目が覚めて右手をかざしてみても、そんなものはどこにもなかった。

「どうして？」

返事の代わりに電話がかかってきた。中瀬佐和子《さわこ》、彼の姉だという人で、昨日の夕方、彼が電車の事故で亡くなったということを伝えられた。

午後五時四十分。学生たちで込み合うホームの一番先頭に立っていた彼は、電車が入ってくる直前にホームに転落し、そのまま帰らぬ人となった。

転落――あからさまにつき落とされたような落ち方ではない。彼をつき落とした人が目撃されたわけではない。誰かと争って落とされたわけではない。彼が自分の意思で線路に飛び込んだところを目撃されたわけではない。

そういう場合、事故と処理されるということを初めて知った。彼が自分のせいで落ちたのではなく、他からの効力によって落ちた場合でもだ。

彼の後ろに立っていた人が立ちくらみを起こしたのかもしれない。大きな荷物を肩から提げたまま振り返り、荷物が彼の背中を押したのかもしれない。高校生の集団がいて、ふざけあっていたのかもしれない。すぐ後ろにいた人ではなく、もっと離れたところにいた人が起こした行動によって、彼の背に負荷がかかったのかもしれない。

いずれにしろ、故意に彼をつき落としたと名乗り出る人がいない限り、彼の死因は転落による轢死《れきし》、事故死なのだ。警察は通り一遍の調べはするが、彼を死に至らせた人物を探し出そうとはしない。

自分が彼の背を押してしまったと自覚している人はいるかもしれない。ただ、その人は他者が通告しない限り、自分から名乗り出ることはないだろう。自分の犯した罪におびえながらも、あれは事故だったのだ、自分のせいではない、と自分に言い聞かせ、時が経《た》つに連れ、そんなことがあったことすら忘れてしまうのだろう。

初めて訪れた彼の実家で、初めて会った彼のお姉さん、佐和子さんとそんな話をした。

　佐和子さんは、封を切ったメッセージカードとリボンの掛かった小さな箱を、わたしに差し出した。佐和子さんの脇に見覚えのあるカバンが置いてあった。

　わたしがプレゼントした彼のカバンは、ホームの下に入り込んでいたらしく、ほとんど無傷だった。佐和子さんが警察からカバンを受け取り、中を確認すると、これらが入っていたのだという。

「修一は誰かにこれを届けに行くところだったんだって思ったの。だとしたら、受け取る相手も修一のことを待っているはずだから、早く知らせなきゃいけない。そう思って、申し訳ないけれど、カードを開けさせてもらったの。真美《まみ》さん。同じ名前を手帳で探して、紺野《こんの》真美さん、あなたに連絡をしたの」

　佐和子さんはそう言った。

「今日はわたしの二十歳の誕生日なんです」

　わたしはそれだけ答えるのが精いっぱいだった。

「人見知りをする子だったのに、人生の最後のひとときにちゃんと恋人がいてよかった」

　佐和子さんはわたしにではなく、彼の遺影に向かって言った。わたしは佐和子さんに子どもの頃の彼について訊ねた。

　勉強がよくできてかけっこも速くて、自慢の弟だった。だけど、人見知りで、強情で、家族なのに他人行儀で、ちょっと心配していたところもあった。私が甘えたがりで年上なのに親を独占していたせいかもしれない。私のことは嫌いだったかもしれない。なんだ、わたしたちは似たもの同士だったんじゃないか。だからいつも、わたしの言動を予測できて、先回りしていたんだ。佐和子さんの話を聞きながらそんなことを思った。

家族に対して他人行儀な態度をとっていても、決して、嫌いなわけじゃない。むしろ、家族という繋《つな》がりに安心しているからこそ、距離を置くことができるのだ。そう佐和子さんに伝えようかとも思ったが、他人が言うことではない。

わたしは彼が生きているときは恋人だったが、亡くなってからは何になるのだろう。元恋人とか、関係が終わったような呼び名しか思いつかなかった。

佐和子さんもわたしに「修一のことを忘れないで」とも、「忘れなさい」とも言わなかった。思い出話の最後に、「誕生日おめでとう」とだけ言って、わたしの手に小さな箱を握らせてくれた。

指輪とメッセージカードともう一つ、自分がプレゼントしたモノだと打ち明けて、彼のカバンを形見としてもらった。

指輪はわたしの右手の薬指にぴったりだった。当たり前だ。わたしが欲しいと頼み、彼は針金でサイズを測って持って帰ったのだから。

「一緒に買いに行かないの?」

そう訊ねると、カバンのときに自分が驚いたように、今度はわたしを驚かせたいのだと言われた。でも本当は、わたしと一緒に買いに行くと、わたしが一番欲しいのを選ぶのではなく、そこにある中で二番目くらいに安いのを選ぶはずだということを、彼はわかっていたからだろう。

指輪は、わたしでも知っている有名なブランドのものだった。プラチナ台に深い湖の色を思わせるサファイアと湖面の輝きを思わせる小さなダイヤが埋められたものだった。この箱を彼の目の前で開けていたら、わたしはどんな顔をしただろう。彼に何と言っただろう。彼はわたしに何と言ってくれるはずだったのか。

メッセージカードを開いた。

――誕生日おめでとう。化粧はたまにでいいけれど、指輪は毎日嵌めておくように。

夢の中での彼の言葉と同じ文章が書かれてあった。

あれは夢ではなく、彼が直接わたしに会いに来てくれたのだ。約束通り指輪を嵌めていれば、またいつか彼が会いに来てくれる。

指輪を嵌めたまま、わたしは彼が存在するわたしだけの世界の中に身を置いた。キラキラとした思い出に彩られた夢の世界で、わたしはいつでも彼に会える。彼のいない真っ暗な世界でも生きなければならないのは辛いけれど、がんばっていれば、夢の世界で彼が優しくなぐさめてくれる。

指輪が彼とわたしを永遠に繋いでくれるのだ。――そうやって生きていくのだと思っていた。

修一の死からひと月後、隣室のタナカがわたしの部屋のドアフォンを鳴らした。切符を売りに来たのではない。修一の死を数日前に知ったのだ、とタナカは言った。

タナカとはアパートに彼が来たときに、部屋の前で何度か顔を合わせたことがあった。愛想よく軽口を叩《たた》きながら挨拶《あいさつ》をするタナカに、彼も作り笑いで返事をしていたが、タナカの姿が見えなくなると、「ああいう口の立つ奴は要注意だ」とわたしに必要のない釘《くぎ》を刺していた。

「でも、一人旅をするようになったのは、タナカのおかげだよ」

そう教えると彼は、「それだけは感謝しておこう」と付け足した。一度くらい一緒に食事でもしていれば、彼とタナカはきっと仲良くなれたのではないかと思った。

彼のために線香を供えてもらう仏壇はなかったが、わたしはタナカを部屋にあげ、コーヒーを淹《い》れた。

「いろいろ迷ったんだけどさ」

タナカはそう言いながら、わたしの右手に目を留めた。

「その指輪は?」

「誕生日プレゼント」

「彼氏から？」

「そう」

「誕生日、いつ？」

「ちょうど、ひと月前」

「ああ……」

彼の亡くなった日と結びついたのか、タナカは頭を抱えるようにしてテーブルに肘《ひじ》をつき、俯《うつむ》いた。それほど彼と親しくなかったタナカがどうしてこんな態度をとるのかと違和感を抱いた。

「それ買うためだったんだな」

わたしの知らないところで彼と会ったような口ぶりだ。

「どういうこと？」

タナカは俯いたまましばらく黙り込み、もう一度、どういうことかと訊ねようとしたときに、ようやく口を開いた。

「俺さ、今年の夏はニュージーランドの山に行ってきたんだ。それの費用を稼ぐために、七月の頭に短期バイトをしたんだけど、そんとき、あいつも一緒だったんだ」

やはり、わたしの知らないところで接点があったのだ。

「何のバイト？」

「指輪についてのアンケート、及び、販売」

「指輪？」

手元の指輪を見た。

「いや、それは違う。そういう、素人の俺が見てもちゃんとしたモノだってわかるようなのじゃないから」

「じゃあ、どんなの？　お祭りとかイベントのときに道端で売っているようなアレ？」

「いや、そういうのでもない。ひと言で簡単にわかりやすく言えば……悪質商法だ」

「彼がそんなことをするはずないでしょ。わかりやすくだなんて、悪質商法の意味をわかってるの？」

「俺だって、最初はそんなバイトだと思ってなかったよ」

タナカはアルバイトをすることになったいきさつをわたしに説明した。

タナカが大学近くの書店の店先でアルバイト情報誌を見ていたところ、三、四十代と思われる男に声をかけられた。

「アルバイトをお探しならうちでやってみませんか？」

男は宝飾品を扱う会社に勤務していると言い、タナカに名刺を差し出した。服装もじめじめとした季節だというのに、ブレザーこそ着ていなかったものの、きちんとしたシャツにオシャレなネクタイを締めていた。

「二十代の女性をターゲットにしたアンケートを取るためのアルバイトを探しているんだけど、緊急に決まった企画だから、アルバイト情報誌の掲載に間に合わなくて、こうして直接声をかけさせてもらってるんだ」

男は、決して怪しい会社ではないと、会社概要のパンフレットまでタナカに渡した。

会社名は『ジェシカカンパニー』。国内外の宝飾デザイナーと契約しており、主にオーダーメイドのアクセサリーを取り扱っている、とパンフレットには書かれていた。顔写真のついた十人ほどのデザイナーの名前はどれも知らなかったが、略歴には海外コンクールの受賞歴が書かれてあり、おもな顧客として、世界的なミュージシャンやハリウッド女優の名前が載っていた。

指輪購入者からの、買って良かったという感想も書き連ねられていた。

アルバイトの内容は、駅前などで二十代の女性に声をかけ、簡単なアンケートに答えてもらう、というものだった。歩合制ではなく日給一万円。

タナカはその場で男にアルバイトを受けるという返事をし、男からアルバイトの日時と集合場所が書かれた紙を渡された。

また男は、アルバイトとして友人、知人を紹介してくれたら、一人につき三千円払うとも持ちかけた。ただし条件があり、自分よりもきれいな人、かっこいい人、見栄えのする人を連れてくるように、と言われた。紹介料目当てでやみくもに連れてこられても、こちらがきみより劣ると判断すればその場で帰ってもらう、と厳しく釘を刺された。

タナカはお世辞にも美しいとはいえないが、二重瞼《まぶた》の眼尻《めじり》の下がった、愛嬌《あいきょう》の良さがそのままにじみ出ているような顔をしていた。突然、夜に切符を売りに来られても話を聞いてしまう。そんな顔だ。

「俺よりかっこいいって自信があったらバイトしない？」

大学のゼミやサークルの仲間にそう声をかけると、十人ほどが立候補した。近くにいた女の子たちに即席オーディションをしてもらったところ、三人しか残らなかった。

せめてあと一人、と思っていたところに、アパートの最寄駅で見覚えのある男とすれ違い、とっさに声をかけた。

「なあ、いいバイトがあるんだけど、よかったら一緒にどう？」

無視されるかと思ったが、中瀬修一は足を止め、タナカの話を聞いた。

「あんたが彼を誘ったの？」

「こいつなら大丈夫だろう、って」

タナカが基準なら、修一が追い返されることはないはずだ。修一も美しいという顔立ちではなかったが、背が高く、理系のくせに骨太な輪郭の上に、目も眉《まゆ》も鼻も口もきりっとしたパーツがバランス良く並んでいた。

ただ、ここまでの話なら、このアルバイトは悪質商法と呼べるものではない。わたしも短期登録のアルバイトで、ある菓子メーカーの新製品を試食してもらい、アンケートに答えてもらう、という仕事をしたことがあった。

タナカの話は続いた。


タナカと彼とタナカの友人三人、計五名は駅で待ち合わせをして、指定された場所に行った。主要都市の駅前によくあるビジネスホテルの会議室だった。

会議室には五十人ほどの男子学生らしき人たちが集まっていた。

午前十時になると、タナカに声をかけた男が現れ、皆に挨拶をしてからアルバイトの説明を始めた。まず、活動場所が記された路線図とアンケート用紙のサンプルが配られた。

アンケートはＡ４用紙五枚に及ぶもので、通りすがりに立ち止まって記入するには、手間のかかるものだった。

男はアンケートに協力してくれることになった女性を、駅ごとに指定された喫茶店に案内し、そこでアンケートに答えてもらうようにと指示を出した。注文するのは飲み物だけ。きちんと領収書をもらってくるように、と。

路線図裏面に記された喫茶店のリストには、タナカの知っているところも何箇所かあり、いずれも駅前や駅構内にある、外からの見通しのいいカジュアルなところだった。女性が知らない男にあそこでお願いしますと言われても、不審に思わないようなところだと、タナカはその配慮の仕方に感心すらしてしまった。

アンケートの内容は、年齢、職業、趣味、といった一般的な項目から始まり、怒りっぽい、嘘《うそ》をついたことがある、人からよく見られたい、といった性格診断のような項目になっていく。

そして、アクセサリーに興味があるか、どういったアクセサリーを購入するか、指輪を持っているか、指輪を自分で購入したことがあるか、購入するとしたら予算はいくらくらいまでか、他人からもらうとすればどんなものが欲しいか、既成品で満足できているか、こういうデザインがあればいいと思ったことがないか、オーダーメイドには興味があるか、と徐々にオーダーメイドの指輪を勧めるようなものになっていた。

アンケート用紙はそこで終了だったが、今度は別の用紙が配られた。

オーダーメイドリング申込契約書だった。これで契約をとれば一件につき三万円の報酬が出る、と言われた。三万円には心躍ったが、驚いたのは指輪一個の金額だ。五十九万円。婚約指輪でもあるまいし、こんなものをその場で買おうと決める女性がいるのか、と疑ってしまう金額だった。

しかし、男は金額についてこのように説明した。

支払は一括だけでなくローンを組むこともできる。まず、頭金として五万円支払い、あとは毎月一万五千円ずつ支払えば、三年間で完済する。若いＯＬにとって、月に一万五千円は簡単には払えない金額のように感じるかもしれない。しかし、日に直せば、一日五百円だ。指定した喫茶店のコーヒー代はいずれも五百円かそれ以上だ。コーヒー一杯分の値段で、世界にたった一つの指輪が手に入る。

しかもそれは、アンケートをもとに心理カウンセラーがその人の本質を分析し、本人が気付いていないかもしれない内に秘めた美しさを導き出したものを、デザイナーが指輪として図面に表し、職人たちが時間をかけて丹念に製作するという、自分のためだけに作られた指輪なのだ。――ここを強調するように、と。

タナカはそれでも五十九万円もする指輪を買う人はいないだろうと思った。

そのうえ、これだけは忘れないように、と男は念を押すように言った。

「商品が届くまで約二ヶ月かかるが、オーダーメイドなので、商品が届いてからの返品は受付けることができない、ということを必ず伝えるように」

返品ができないなどと言われると、買う方はますます慎重になるのではないか。

タナカは契約を取らなくてもアンケートだけ取って、一万円もらえばいいと考えていた。だがこの後、そういうわけにもいかないひと言が加えられた。

アンケート報酬は三十件で一万円、それ以下なら支払うことはできない。しかし、一件でも契約を取っていれば、アンケートがたとえ一件でも報酬の一万円は支払われる。アルバイトをする時間は解散後から午後十時までだった。記入項目が多いため、一人三十分は必要だろう。半日で三十件のアンケートを取るのは不可能のように感じた。だが、会社側から強制はされなかった。断るなら今のうちだと言われ、交通費として千円分の商品券を受け取り、五人ほどが会場から出て行った。それを見て一瞬、タナカも出ていこうかと思ったが、考えてみればこれはチャンスなのだと思い直した。

愛嬌がある、口が上手いと言われ続けてきたが、人生においてそれで得をしたと感じたことはなかった。それならば、こういうところで活《い》かしてみるべきではないのか。もうじき始まる就職活動の予行演習になるとも思った。

考え方を少し変えてみると、五十九万円の指輪でも、新車よりは安い。女性ならそれほどに高いと感じる金額ではないのかもしれない。自分の母親も父親に内緒でローンを組んで、宝飾品を買っていた憶えがある。オーダーメイドではなかったはずだ。これは、むしろ安い買い物なのかもしれない。

タナカはアルバイトを受けることにした。

白いシャツと黒いパンツ、ネクタイ、革靴まで用意されていた。

結果は、三件契約を取り、アンケート代と紹介料とを合わせて、一日で十一万二千円を手に入れた。

決して押し売りのようなマネをしたわけではない。土曜日だったので、日中は一人で買い物に来ているふうの女性に声をかけた。地味な服装でも構わず、小さくても安そうでもいいから何かアクセサリーをつけている人に「その○○かわいいですね。アクセサリー、好きなんですか?」と声をかけ、アンケートの協力を持ちかけると、ほとんどの女性が応じてくれた。

相手が書き込む趣味の欄に、映画鑑賞と書かれているのを見ると、おすすめの作品を訊ねた。運良く、パンフレットに名前が載っていた女優が主演の作品だった。その女優さんもうちのアクセサリーを使ってくれていますよ、などと会話を膨らませ、女性もタナカも終始笑顔のまま、契約を結ぶことができた。

別のケースでは、こんなことを言ってみた。せっかくきれいな手をしているのに、何もつけていないのはもったいないなあ。指輪ってシンデレラの靴みたいなもので、男はそれを頼りに自分の好みの子を捜してるってこともよくあるのに。今のあなたは裸足《はだし》のシンデレラですよ。女性は「上手いこと言うわね」と皮肉めいた口調で言いながらも、笑顔で契約書にサインをした。

夏のボーナスが出たばかりだということも、この女性から知った。

最後の女性は金額にためらっていたが、コーヒー一杯分の話をすると、あっけないほど納得し、「紅茶でも同じですよね」と微笑《ほほえ》みながら同意した。

三人の女性たちの笑顔を見て、タナカは心が温かいもので満たされるような気分になった。これがやりがいというものか、と山に登ったときとはまた別の達成感を得たような気分になった。だがそれは、女性たちのもとに、金額分の価値があるオーダーメイドリングが届けられると信じていたからだ。

「価値のない指輪だってわかったから、悪質商法だって言ってるんでしょ。どうやって知ったの？」

タナカがわたしの指輪を見てこれは違うと断言したのは、実物を見たからではないかと思った。

「客の一人に偶然会ったんだ」

「どこで？」

訊ねると、タナカはまず、アルバイトをした場所について話した。

男からは、路線図の印のついている駅ならどこでもいいが、なるべく普段使用しない駅や沿線を選ぶように、と言われたそうだ。

自分は今日一日『ジェシカカンパニー』の社員であるという自覚を持ってほしい。高額商品を扱う上で大切なのはお客様との信頼関係だ。それをより深めるためにも、決して相手の女性に自分がアルバイトであることを明かさないこと。そのためにも、知り合いに会う確率の低い場所を選んだ方がいい。

ということらしいが、悪質商法だというなら、被害に気付いた客に待ちぶせされたり、ばったり出会ってクレームをつけられたり、という後々のトラブルを避けるためだろう。

しかし、タナカは会ってしまった。しかも、タナカが活動した駅やその周辺でもなければ、アパートや大学の最寄駅でもない。

一日に百万人以上が通過する大きな駅前にある、映画館のロビーで出くわしたのだそうだ。同じ時間に同じ作品を見たあとだった。

「まあ、勧誘中に映画の話はしたけどさ。世の中って、自分が思っている以上に狭いんだよ」

そう言ってタナカは、出くわした客の女性について話し出した。

タナカが指輪の契約をさせた女性はY美さんという。本人のプライバシーのためにタナカはそう呼ぶことにした。

Y美さんはタナカと目が合った瞬間に、ものすごい勢いで駆け寄ってきて、ハンドバッグでタナカの顔を思い切り叩きつけた。

「この詐欺師野郎！」

大きな声でそう言ってバンバンと叩きつけるものだから、周囲には軽く人垣ができた。

タナカはY美さんを懸命になだめ、Y美さんは警備員と目が合ったのを潮どきにバッグを振り下ろす手を止めた。

二人は映画館を出て近くの喫茶店に入った。席につくなり、Y美さんはバッグから指輪を取り出し、テーブルの上に置いた。

「これに五十九万円の価値があると思う?」

ゴールド台に本物か偽物かわからない赤い石と紫の石がぶどうのように並べられたデザインだった。タナカはなかなか個性的なデザインだなとは思ったが、確かに五十九万円には見えないと感じ、それをそのまま口にした。

「よくそんなこと、平気な顔して言えるわね。どんなものが届くのかも知らずに、小銭欲しさに勧誘していたんでしょ」

Y美さんはタナカの役割まで理解していた。Y美さんは騙《だま》されたと言って泣き寝入りするタイプではなかったのだ。

まず、指輪が届いた日に、『ジェシカカンパニー』に抗議の電話をかけ、返品を申し出たが、契約書に「オーダーメイドのため返品は不可」と記載されていたため、けんもほろろに断られた。「販売員もきちんと了承をとったはずだ」と言われ、その通りだったため、何も言葉を返せなかった。

ためしに質屋に持って行ってみると、一万円でなら引き取ると言われた。

Y美さんはそのまま近くの交番に飛び込み、事情を説明したが、質屋の近くにある交番の警察官など、こういった件には慣れているのか、契約書がある以上、被害に遭ったとはいえない、とあっさりと追い返されてしまった。

契約書には何カラット以上の宝石を使うとか、指輪の材質については何の約束もされていない。心理カウンセラーがアンケートをもとに診断し、当社と契約している世界的なジュエリーデザイナーが診断をもとにデザイン画を描き、職人が丹精込めて作った。五十九万円分の価値は十分にある。そう言い切られてしまうと、どうにもならないのだ。

Y美さんはあきらめるしかなかった。気分転換のために映画でも見ることにした。

タナカはそんなところに出くわしてしまったのだ。

「まあ、ブランド品のTシャツだって、ぺらぺらの生地にロゴが入ってるだけで何万円もするのがあるけどさ、あれだってそのロゴに価値を見いだせない人間からみると、詐欺みたいなもんだろうし、悪質商法って言いきるのもやっぱおかしいな」

タナカは自分で「悪質商法」を訂正した。自分がそういうことに荷担したと、やはり、認めるのは嫌だったのだろう。

「そういうグレーゾーンにつけ込む商売を、悪質商法っていうんじゃないの？　それで、Y美さんは？」

「責任取れって言われたけど、俺だって会社のヤツらに騙されてたわけじゃん。でも、Y美さんに声をかけたのは俺だし、やっぱり申し訳ないと思ったし、謝るしかなかったよ」

タナカは椅子《いす》から立ち上がり、床の上で土下座をしてY美さんに謝ったらしい。

「許してくれた？」

「許してはくれなかったけど、俺を責めても仕方ない、この先大きな買い物をするときには慎重になるだろうし、社会勉強をしたことにしてあきらめる、って言ってくれた」

「いい人だね」

「偶然会ったのは不運だったけど、相手がY美さんだったのは運が良かったのかな」

タナカはY美さんの連絡先を聞き、ニュージーランドで自分用に買ってきた品を送ったそうだ。

「ところであんた、何しに来たの？」

まさか、Y美さんとのエピソードを聞かせたくてここに来たわけではないだろう。タナカの話は、途中からすっかり彼のことが抜けていた。それこそが一番話さなければならないことではないのか。

「もし出会ったのが、他の二人だったらどうだったかな、って考えたんだ」

タナカはすっかり冷めたコーヒーを飲み干してからそう言った。

「Y美さんは声をかけたときから明るい感じの人だったけど、他の二人は内に籠《こ》もったようなタイプだった。週末の午後なのに、地味なカッコで一人で下向いた感じで歩いてて、声をかけた瞬間は嬉しそうな顔をするのに、すぐにナンパはお断りみたいな厳しい目つきをしてこっちを見返すんだ。でも、立ち去ろうとはしない。アンケートもしぶしぶといった感じで引き受けるわりには、一項目ずつ長々と書き込んでいるし。ああ、暇なんだろうな。声かけられて、本当は嬉しいんだろうな。デートしてるような気分なのかな。指輪も俺からのプレゼントみたいに思われていたらどうしようって。別れ際なんて笑顔で手を振ってくれたし。それなのに、あんな指輪が届いたら……、恨むよな、俺のこと。許せないよな」

「それを考えたきっかけはY美さんに会ったことだけじゃないでしょ」

「そうだな。俺もはっきり言えばいいのに、遠まわしな言い方しかできなくて、ゴメン。中瀬の事故のことはもっと前に知っていた。Y美さんに会ったすぐ後だったから、今みたいなことを考えた。Y美さんみたいに正面からハンドバッグで襲いかかってくるのはいい。だけど、駅のホームでそっと後ろに回られて背中を押されたら……」

「それ以上言わないで!」

「わかった。でも、これだけははっきり言っておく。中瀬は三人から契約を取った」

「嘘、でしょ」

「説明受けた会議室で服と靴返して、アンケートと契約書渡して、その場で精算だったたから。契約取れた？　って訊くと、申し訳なさそうな顔して、三件って。俺と同じだって言うと、ちょっと安心したってさ」

タナカのように愛想のよくない修一は、きっと契約なんか取れなかったのだろうと思っていたのに。それ以前に……。

「中瀬は説明を聞いて帰ろうとしたんだ」

そうではないかと思っていた。

「でも、俺が引きとめたんだ。コンノに何か買ってやればいいじゃん。あいつ最近寂しそうな顔してるぞって」

「そんなことを！」

「ストライクだったんだろうな。そんときに、おまえには黙っておいてほしいって言われたんだ」

三件の契約とアンケートで修一は十万円を手に入れたことになる。それらはすべてわたしの指輪に姿を変えたのだろう。そんなに高い指輪じゃなくてもよかった。修一がその手でわたしの指に嵌めてくれるなら、たとえ缶のプルトップでもわたしは嬉しかったはずなのに。

「あんたのせいじゃん。おかしなバイトに誘って、帰ろうとしたのに、わたしの名前なんか出して」

「ゴメン。俺にできることは何でもするから……」

タナカは畳に両手をついて、深く深く頭を下げた。こんなことをされても許せるはずがない。しかし……。

「でも、教えてくれたことには感謝してる。ありがとう」

そう言うと、タナカはもう一度「ゴメン」とつぶやき、出て行った。


修一はたった一日とはいえ、悪質商法の手助けをしてしまった。

五十九万円の指輪は、その価値を見いだせないような品だった。

しかし、彼は三件もの契約を取った。

契約書にサインをした女たちはどんな気分で指輪を待っていたのだろう。

箱を開けてどんな思いを抱いただろう。

心理分析まで行われて作られたという指輪に、自分の姿を重ねなかっただろうか。

そして、自らを否定されたような気持ちにはならなかっただろうか。

指輪を売りつけた人を憎いとは思わなかっただろうか。

偶然、その人を見つけて、その人が込み合ったホームの一番前に立っていたら——。

修一は事故ではなく、殺されたのかもしれない。

修一と指輪の契約を交わした女が誰だかわかれば、修一が事故に遭った際、それぞれがどこで何をしていたかを確認することができるだろうか。

指輪を受け取り、どんな気持ちを抱いていたかを知ることができるだろうか。

わたしが『ジェシカカンパニー』に問い合わせても教えてはもらえないだろう。

警察にこのことを話せば調べてもらえるかもしれない。

彼の死の真相が明らかになるかもしれない。


三日後、わたしは修一のお姉さん、佐和子さんに連絡を取って、指定された喫茶店まで会いに行き、タナカからもらった『ジェシカカンパニー』のパンフレットを見せながら、自分が考えていることを打ち明けた。

だが、佐和子さんはゆっくりと首を横に振って言った。

「修一は事故で死んだ。うちの親は少しずつ息子の死を受け入れようとしている。夏休みに帰ってきたときも、研究室に三日間泊まり込んでいたって、食事もそこそこに一日中寝ていたから、きっと、ホームに立ったまま寝てしまったんだろうって。勉強のしすぎで死んでしまうなんてバカな子だって。バカだけどあの子らしいって。きっと向こうの世界に行っても、勉強ばかりしているんだろうって。それを今さら、おかしなアルバイトをしたせいで、恨みを買って殺されたかもしれない、なんて言えるはずがない」

「でも、修一さんを殺しておいて、何食わぬ顔して普通の生活をしている女がいるかもしれないんですよ」

「かもしれない。あなたの仮説でしょ。警察に打ち明けて、仮にその三人がわかったところで、三人ともにアリバイがあって、やはり事故だったと結論が出たとき、残るのは何？修一が悪質商法まがいのおかしなアルバイトをしたっていう事実だけじゃない。三人のうちの誰かが本当にあの子を殺していたとしても同じ。動機は何だと訊かれて、詐欺に遭ったから、なんて答えられれば、加害者に同情して味方をする人だってたくさん出てくるはずよ。修一は見ず知らずの人たちにまで貶《おとし》められるわ。自業自得だって」

「業って何ですか？修一さんは悪いことの手助けをしてしまったのかもしれない。でもそれは、殺されなきゃならないようなことじゃない」

「だから、殺されてないのよ」

佐和子さんはわたしに言い聞かせるように言った。じっと目を見ると、彼と同じ目をしていることに気が付いた。

「もしかすると、指輪のせいで修一を恨んでいる人がいるかもしれない。あなたにとっては修一の死を誰かのせいにして、その人を恨みながら生きていく方が、早く立ち直れるのかもしれない。恨む相手が隣の部屋のよく知った人よりも、会ったことのない陰気な女の方がラクなのかもしれない。でも、修一は事故死なの。警察がそう判断したんだし、新聞にもそう載ったの。あの子を知るみんなが、あの子の死を悼んでくれたの。お願いだから、あの子を、あの子の人生を貶めるようなことをしないで」

わたしは頷くことしかできなかった。佐和子さんはそれを確認してから立ち上がった。去っていく佐和子さんの背を見ながら、わたしはもう、彼の実家の仏壇に手を合わせることも許されないのだろうと考えた。佐和子さんの言う通りだった。

わたしはただ修一の死を誰かのせいにしたかっただけ。自分のせいだという罪悪感から逃げ出したかっただけ。

わたしが指輪をねだらなければ、彼は悪質商法まがいのおかしなアルバイトをすることはなかった。短いけれど輝いていた彼の人生に、黒いシミを残すことはなかった。それなのに――。

溢れ出そうになる涙をこらえていると、開いたままのパンフレットから、わたしをあざ笑うかのように文字が浮かび上がった。

『この指輪のおかげで幸せになれました。わたしのために選ばれた宝石は、わたしの人生をキラキラと輝かせてくれています』

指輪のおかげ、おかげ、おかげ、おかげ……。おかげって何だ。

宝石が人生を輝かせるなんて、笑わせる。

指輪なら、わたしの指にもあるのに、わたしの世界からはキラキラと輝くものがすべて消えてしまった。指輪のせいで消えてしまった。いや、魂を持たない物体にそんな力はない。わたしのせいで消えたのだ。

たった一度のおねだりは、これほどまでに罪深いことだったのか。

もう二度と「欲しい」なんて口にしない。

――そう誓って、何年経っただろう。

ガーネット

これほど読後感の悪い小説を読んだことがない。愛する人を奪われたという大義名分があれば、加害者に対し、どんな残酷な仕打ちをしても許されると、この作者は思っているのだろうか。私情を文字に落とし込むのは勝手だが、プロの作家を名乗るのなら、「赦《ゆる》し」のない復讐《ふくしゆう》小説など書くべきではない。

作者は愛を知らないかわいそうな人だと同情します。作家の人間性と作品はまったくの別物であると彼女を擁護する人もいるけれど、愛とは何かを知る人が、愛の欠片《かけら》すら見つけることのできない、暗く冷たい世界を書くことは不可能だと思います。彼女が今後このような恐ろしい物語を書くことのないように、誰か彼女に「愛とは何か」を教えてあげてください。

私はこれまでの人生でたくさんの人たちから愛情を注がれてきました。高校一年生のとき、球技大会の練習で骨折してしまった際、クラスのみんなで寄せ書きをしてくれ、先生が病院まで届けてくれました。そのうえ、私の回復を祈る気持ちでクラスは一丸となり、男女ともに優勝することができたのです。あのとき私が受けた愛情の百分の一でも、紺野《こんの》マミにわけてあげられたら、彼女も少しは反省するのではないかと思います。

紺野マミのような奴は、せっかく読者がアドバイスしてやっても、「読書サロン」を覗《のぞ》きにも来ねえんだろうな。世の中みんな敵って思ってるハズだからさ。

実は、三日に一度は検索している。

これほどまでに読者に嫌われているわたしのデビュー長編小説『墓標』は、半年前に初版八千部で刊行され、先週付けで十刷、三十万部を突破した。

最愛の人を失った女の復讐劇を描いたこの作品の結末は、賛否両論をもたらし、それについて語りたい読者による口コミ効果で、ジワジワと数字を伸ばしているのだが、ここひと月は悪評ばかりが目につくようになった。

編集者は「ネットは見るな」と言うが、わたしは悪評を読んで傷付いたり、落ち込んだりすることはない。わたしの中に他人の言葉など、三分以上留《とど》まることはないのだから。

ましてや、顔の見えない相手の書いたものなど、留まることなく流れ去って行く。

ならば、なおさら見なければいいではないか。時間の無駄だ。

編集者からはそう返ってくるが、意味なく自分の作品の感想を検索しているわけでもない。わたしは捜しているのだ。

わたしの本を読んだ人たちの、わたしの中に留まる声を――。

編集者からメールが届いた。

栄新社《えいしんしゃ》・女性ファッション誌「クロエ」編集部より、来週の麻生雪美《あそうゆきみ》さんとの対談にて、「自分の人生を変えた品」「これだけは手放せない品」を一つずつお持ちいただきたいとのことです。

どうぞよろしくお願いします。

『墓標』は来年春に映画公開される予定だ。主演は、ここ一、二年のあいだにベテラン女優として頭角を現しつつある麻生雪美で、清純なイメージの強い彼女が復讐の闇《やみ》に取りつかれる女の役をよくぞ引き受けてくれたものだと、映画や芸能情報に詳しくないわたしでも、今後の彼女を案じてしまう。

その麻生雪美との対談が来週あるのだが、個人でインタビューを受けるのもまったく慣れないというのに、女優と対談などどうすればいいのだろう。暗闇からまぶしい世界に突然引き出されて、何も見えずにいる。今のわたしはそんな感じだ。ところで、何を持っていくべきか……。

自分の人生を変えた品。考えるまでもなく、右手の薬指にある指輪だ。

二十歳の誕生日に最愛の人が用意してくれたプレゼント。生まれて初めてわたしがおねだりをした品。だけど、そのせいで彼は死んで……、いや、殺されてしまった。

それからのわたしは夢と現実との境界がない世界で生きてきた。彼の存在する夢の世界に居続けたいと、睡眠薬を大量に飲んだことが一度だけある。しかし、アパートの隣人であるタナカに発見され、わたしは現実の世界に引き戻された。

彼が殺されることになったのは、わたしの誕生日プレゼントを買うために、とある悪質商法に関《かか》わってしまったからだ。その悪質商法を彼に紹介したのがタナカだというのに、彼のもとへ行くことまで邪魔をするとは。

「彼を返してくれないなら、もう二度と、わたしに関わるな！」

目を覚ました病室のベッドで叫んで以来、タナカの姿は見ていない。退院すると、タナカの住んでいた部屋は空室になっていた。わたしの部屋のドアには、どこかの山の写真が画鋲《がびよう》で留められていて、裏には太いマジックで「生きろ」と書いてあった。たった三文字なのに重い意味を持つメッセージよりも、タナカが愛想のよいくだけたイメージに似合わず、達筆であることが印象に残った。

しかし、わたしが今も生きているのはタナカのメッセージを受けとめたからではない。

わたしは三日間も眠り続けていたというのに、その間、彼が一度も現れてくれなかったからだ。一緒に行こう、と迎えに来てほしかったのに。

夢の中に彼の姿が現れても、言葉を交わすことはできない。彼が話しかけてくれることはない。あなたを殺したのは誰なの？　あなたと指輪の契約を交わした三人の女はどこにいるの？　わたしは必死になって語りかけようとするが、砕いたガラスを飲み込むような痛みが口から喉《のど》へ、そして、からだじゅうに広がって、声を出すのをあきらめる。

彼とはただ見つめ合うだけ。それで充分だった。なのに、どうして会いにきてくれなかったのだろう。わたしが死を選ぼうとしたからか。こちらからは会いに行けないということか。

死んでも彼には会えない。そう悟った夜、彼は夢の中に出てきてくれた。

酷《ひど》く辛《つら》そうな顔でわたしを見ていた。心配してくれているのだ。大丈夫、もうバカなことは考えないから。声に出せない思いを笑顔で伝えると、彼も笑顔を返してくれた。この世界で見る初めての、彼の笑顔だった。

わたしは大学に通って単位を修得し、就職活動を行い、不況と呼ばれる中、地方の小さな食品加工会社に職を得ることができた。夢の中ではいつも手ぶらだったのに、内定通知書を受け取った日の夜は、夢の中でも内定通知書を手に持っていて、それを彼に差し出すと、彼は嬉《うれ》しそうに受け取ってくれ、わたしの頭を優しく撫《な》でてくれた。温かさが、確かに伝わってきた。

新入社員のわたしの仕事は、生産ライン上で、冷凍なべやきうどんに干ししいたけを載せる作業をすることだった。そのなべやきうどんをせっかく送ってあげたというのに、娘の仕事がしいたけを載せることだと知った両親は、こんなサルでもできるような仕事をさせるためにわざわざ大学に行かせたのではない、と酷く腹をたてたものだ。

かまぼこやエビ天と違い、しいたけは形や大きさが一律ではないので、それほど簡単というわけではないのだ、という言葉は呑《の》み込んだ。そう言いながら、三人揃《そろ》って楽しくなべやきうどんが食べられる家族なら、たった一度のおねだりが酷く重みを持ってしまうような、やっかいな女にはならなかったはずだから。

夢の中でわたしは彼にも、なべやきうどんを渡した。

夢の世界で食事ができるのかどうかは解《わか》らないが、そのときも、彼は頭を撫でてくれた。そういえば、と夢の中でわたしは彼がしいたけが苦手だったことを思い出した。彼に連れていってもらった串かつ屋で、彼はお任せコースに入っていたしいたけの肉詰めを食べることができず、わたしがそれだけ二人前食べたのだ。だけど、わたしの載せたしいたけなら、無理をしてでも口に放《ほう》り込み、まずそうに飲み込んでくれたかもしれない。

彼に会えたというのに翌朝は、目が覚めると、頬《ほお》に涙の筋が白く残っていた。

単純作業は嫌いではなかった。心を空っぽにしたままでいられるのだから、わたしにとても向いていた。だが、仕事は一人でしているわけではない。ライン上の半数はパート従業員で、全員が女性だった。作業中は私語厳禁で、みな機械と化していたが、昼休みの食堂や仕事終わりの更衣室では女に戻っていた。地味でおとなしそうな人たちばかりなのに、その中でも嫉妬《しっと》や羨望《せんぼう》は存在した。

恋人にもらったペンダントを自慢して、ロッカーに入れておいたところを盗まれた女がいた。気性の激しい彼女は気付いたその場で、全員のバッグをロッカーから出して、片っ端からひっくり返していき、犯人を見つけた。犯人の女は、自分が失恋したことを知っているのに自慢されたのが許せなかった、と自分がやったことを認め、明日から来ない、と言って去っていった。

若ぞうではあるが、社員のわたしは彼女を引きとめて、現場主任のところに連れていかなければならなかったはずなのに、黙って彼女の後ろ姿を見送った。

こんな女なのだろう。彼を電車の滑り込む線路につき落としたのは……。

透明な水面にこぼれ落ちた墨汁が膜を張るように、頭の中に一度広がった黒い思いを取り除くことは難しかった。そのうえ、膜が張られているあいだは夢の中に彼が現れてくれることがなく、寂しさで今度は水底《みなそこ》から黒い墨が吹き上がり、どうしようもない負のスパイラルができあがってしまっていた。

それでも、濁った水は干ししいたけを載せながら少しずつ浄化されていき、きれいになると彼が現れてくれ、しかしその幸せも長くは続かず、水面を黒く濁らせるような女は定期的に現れるのだった。

生産ラインで三年働いたあと、広報部へと異動になった。ＣＭの制作を担当することになり、地方でしか流れないとはいえ、しいたけとのギャップにはとまどったが、わたしが直接ＣＭを作るのではなく、制作会社とのやり取りをするだけだということが解り、安心した。

チアガールの格好をした女の子が両手に冷凍なべやきうどんを持って踊るのを撮影所の片隅で眺めながら、映像はどうやって彼に報告したものか、と考えてみたが、夢の中のわたしは手ぶらのままだった。新しいＣＭを作ったからといって、彼が出てきてくれるわけではなかった。

そうやって地味に働いているあいだにも、世の中はますます不況になっていき、広報部三年目にして、ＣＭ予算も大幅削減となった。そこで緊急対策として、これまでは企画の段階から制作会社に発注していたのを、撮影のみ外部に頼むことにして、企画は社内公募をかけることになった。広報部は全員参加しなければならず、わたしも義務を果たすように企画書を作ったのだが、なんと、それが採用されることになってしまった。

なんでこんなものが、と頭をかかえたくなったが、その夜の夢には彼が現れてくれ、わたしは手に持った企画書を彼に渡し、頭を撫でてもらうことができた。

なべやきうどんが嫌い？　だけど、わたしが作ったんだから、食べてくれるよね。

そう言って、箸《はし》でうどんをすくい、ふうふうと息をふきかける女の子の顔がアップになり、〇〇のなべやきうどん、と歌が入る。うどんを差し入れしてもらう男の子は受験生という設定にした。こんな昭和の学園ドラマを思わせる古臭いCMは、企画した本人だけがその評価に納得できないくらいに、好評を博した。

ネットの普及も手伝って、全国放送の深夜バラエティ番組でも取り上げられ、なべやきうどんは全国から注文を受けるようになり、わたしは社内で表彰された。夢の中で賞状を彼に渡すと、彼は撫でてくれる代わりに、わたしに革表紙の本をくれた。この世界で、彼からモノを受け取るのは初めてだった。誰の本だろうとその場で開くと、中は真っ白だった。

日記でもつけろってこと？　声を出さないまま目で訊《たず》ねてみたが、彼は優しく笑いかけてくれるだけだった。

目が覚めて、枕《まくら》もとにその本があるなんてことはなかったが、どこか胸騒ぎがして書店に行くと、彼に手渡されたのとよく似た本が中央の平台に積まれていた。黄色い帯には「あなたが作る世界でたったひとつの本」と書いてあった。開くと、夢の中と同じく真っ白で、わたしは迷わずそれを買うことにした。

ついでに、「××新人賞受賞作　究極の愛がここにある」という帯が巻かれて高く積み上げられている単行本も買った。本を読むのは子どもの頃から好きで、カバンのポケットにはいつも文庫本を入れていたのに、彼が死んでからは一冊も手に取っていなかった。音楽も聴いていないし、映画も見ていない。

ようやく、心に少し余裕を持てるようになったということか。

しかし、そうやって何年かぶりに手に取った本は恐ろしいほどつまらなかった。最初から互いのことしか見えていない二人が、くだらないことで悩みながら周囲の人たちを翻弄《ほんろう》し、結局自分たちだけがハッピーエンドを迎える。バカにするな。愛という言葉を軽々しく使うな。わたしでも……これくらいの、いや、これ以上のものが書けるのではないか。

そんな気持ちで短編小説を書いた。作文が得意だったわけではない。国文科を出ているわけでもない。なのに、原稿用紙に向かうと、頭の中に景色が浮かんできた。湖だった。遊覧船に乗りたいけれど、わたしの財布の中には一万円札しかない。あきらめようかと思った矢先、船の券を差し出され——わたしは彼ともう一度出会った。

遊覧船でわたしは彼にこれまでの旅について語り聞かせる。すると、どういうわけか、その景色の中に彼が存在し、二人で旅をしたかのように記憶がすりかわる。わたしたちはずっと一緒に旅をしてきたのね。湖面を見つめながらわたしは言うが、彼からの返事はない。ふと見ると、彼の姿はどこにもない。そこで、わたしは気付く。

過去に二人でいたことが事実で、一人旅はこれから始まるのだ、と。

そんな内容の、原稿用紙に五十枚の短編をわたしは無鉄砲ながら、とある文学系の新人賞に応募した。文学とエンターテインメントとの区別もつかないようなド素人の作品は佳作に入選し、文芸誌に掲載された。

夢の中でわたしは自分の作品が掲載された文芸誌を彼に手渡した。すると、彼は頭を撫でてくれるだけではなく、ぎゅっと抱きしめ、背中をトントンとたたいてくれた。よくがんばったね。そう言ってくれているように感じた。

佳作入選したからといって、作家デビューできるわけではない。会社を休んで授賞式に出たのに、出版社の人からは次回作の次の字も出なかったし、わたし自身も彼に褒めてもらえたことで、もう充分に満足していた。

仕事も順調だった。なべやきうどんのＣＭは「ふうふうシリーズ」と名付けられ、差し入れを受ける男の子の設定を変えるだけでよくなり、夏でも、水泳部の男の子がひと泳ぎしてプールサイドでバテている横で、いつもの女の子が水着姿でふうふうしていた。これがマニア受けしたようで、冬と変わらないくらいなべやきうどんは売れ、わたしは再び表彰された。だけど、彼は夢に出てきてくれなかった。

そうするうちに、また、水面に墨汁を落とされるようなことが起きるようになった。しかも、イヤな女を見るだけでなく、わたし自身が攻撃されるようになってしまったのだ。理由は多分、ＣＭの成功により、わたしが少し目立ってしまったからだ。おまけに、小説で受賞したことが文学好きの上司に知られて、社内報に載ってしまい、ちょっとした騒ぎになったことも反感を買う原因になったかもしれない。

資料の数字がわたしのぶんだけ変わっていたり、撮影の集合時間を誤って報告されて遅刻をしたりと、仕事に影響の出る悪質なものが多く、いやがらせをしている人間の目星はつくが同性の先輩社員なので、直接文句を言うことも抵抗があり、黒く濁りきってしまった水を浄化するのにはかなり時間がかかった。

ようやく彼が夢に出てきてくれたのは、授賞式から一年後だった。わたしの手には短編小説の掲載された文芸誌があり、彼に渡したけれど、もう抱きしめてはくれなかった。頭を撫でてくれることもなかった。少し寂しそうに笑ってくれただけだ。どうして、一年前の文芸誌をまた渡したのか、自分で自分が理解できなかった。

目が覚めて、夢の中の自分を思い出し、なさけなさが一気に込み上げてきた。

わたしが彼に報告できるのは、未《いま》だに新人賞で佳作をとったことだけなのだ。わたしはこの一年間、何も成長していない。彼が褒めてくれるはずもない。

小説を書こう――改めて、心に誓った。

そんな矢先、事件が起こった。指輪を盗まれたのだ。

肌身離さずつけていたのに、CMの撮影で文化祭の準備をしている高校生のシーンを撮るのに、小道具として、模造紙に手形で「青春」と書いたものを作ることになった。指輪を嵌《は》めたままペンキのバケツに手を突っ込むわけにはいかず、わたしは指輪をはずして、ポーチのポケットに入れた。それが、手を洗って嵌めようと思ったら、ないのだ。

犯人はすぐに解った。ナイロン製のポーチに、黄色い指がたが残っていた。黄色いペンキを使っていたのは、先輩、これまでずっと、わたしにいやがらせをしていた張本人だ。トイレに行った先輩を追い掛け、洗面台で手を洗っている背中に向かい、言い放った。

「指輪を返してください」

「何のこと？　知らないわよ、あんたの指輪なんて」

「しらばっくれないで。今すぐ指輪を返して」

「いい加減にして、わたしを泥棒扱いする気？」

「返してくれないなら、警察を呼びます。ポーチにペンキの指紋がついているので、現場にいた皆さんのを調べてもらいます」

「……フン、バカバカしい。ちょっといたずらしただけじゃない。ほら、返すわよ」

そう言って、先輩はこちらを向いてスカートのポケットから指輪を出し、わたしの足元に向かって投げた。トイレの床に転がった指輪を拾って、石けんで洗い、濡《ぬ》れたまま右手の薬指に嵌めた。

「これ見よがしに毎日嵌めてるけど、あんたなんかに彼氏がいるの？　とっくに振られた昔の男にもらったのを、未練がましくつけてるだけだったりして」

殴りかかる寸前だった。

「そのくらいにしておきなさいよ」

奥の個室から響いた貫禄《かんろく》のあるひと声で、わたしの手も、先輩の口も、動きを止めた。出てきたのは、生産ラインにいた頃、わたしの向かいでエビ天を乗せていたパートの女だった。声と同じく貫禄のある外見に恐れを抱いたのか、先輩は「わけわかんない」と捨て台詞《ぜりふ》を残して逃げていった。わたしはこの人が優しくて面倒見がいい人だと知っていた。

「あーあ、女はやだね。自分のふがいなさを他人で晴らさなきゃ、気が済まないんだから」

そう言って、肩に温かい手を載せられ、噴き出しそうになる黒い気持ちをほんの少し抑えこむことができたのに……。それから一時間も経《た》たないうちに、わたしは先輩に階段から突き落とされてしまった。

会社側で準備した撮影機材を倉庫に運ぶため、段ボール箱を抱えて階段を降りていたら、背中にドンと圧力がかかり、階段を踏み外して、そのまま一番下まで転がり落ちてしまったのだ。全身に走る痛みに耐えながら階段上を見ると、走って駆け上がる先輩の後ろ姿が見えた。

そんなに憎いか。殺してやりたいほど憎いか。憎むことしかできないほど、おまえはこれまでの人生をどう過ごしてきたというのだ。どうせ、何もしていないのだろう。何もせずに、己の不幸に酔いしれ、自分にこそは復讐をする権利があると思い込んでいるのだろう。

醜い、醜い、醜い——。

己の醜さに気付きやがれ！

わたしは原稿用紙ではなく、白地の本に向かい、水底から沸き上がる黒い気持ちを書いて、書いて、書きなぐった。唇を水滴がつたい、涙か鼻水かと手の甲でぬぐうと、べったりと血がついていた。鼻血を流していたのか。書くごとに、魂が削《そ》ぎ落とされているのかもしれない。それでも、書く手を止めることができなかった。

——そうやって書き上がったのが『墓標』だ。

文字で埋め尽くされた真っ白だった本を、原稿用紙に書き写すことなく、新人賞のときにとりあえず名刺だけもらったまま疎遠になっていた編集者に、そのまま送り付けた。

これを刊行してほしい。そんなことは考えていただろうか。ただ、魂を削って書いたものを誰かに読ませたかっただけかもしれない。そうやって書いた世界を他人はどう受け取るのか知りたかったのかもしれない。

登場人物たちの醜さに辟易《へきえき》するか。登場人物たちを通して、己の醜さに気付くことができるか。その向こう側に、美しい世界を見ることができるのか——。

授賞式の礼を書いて送ったメールには返信がなかったのに、このときは、宅配便を送った翌日の夜に電話がかかってきた。夜中の二時頃だったので、正確には翌々日になる。

「夜分にホンッとすみません。変わったものが届いたなあってとりあえず開いたら、一行目を読んだ途端やめられなくなって。さっき、読み終わったところなんですけど、この気持ちは今伝えなきゃダメだと思って、失礼ながらこんな時間に電話させてもらいました」

授賞式の際の取りすましたイメージからは想像できないような、興奮した声だった。

「紺野さん、これはちゃんと本にして刊行しましょう。万人受けする話じゃありません。もしかしたら、嫌う人の方が多いかもしれません。それでも、僕の直感が、これは世に出さなければならない作品だって言ってるんです。どうか、どうか、お許しください」

お許しも何も……。

「ぜひ、よろしくお願いします」

わたしは受話器を握りしめたまま、姿の見えない相手に何度も頭を下げた。

夢の中に彼が現れてくれ、わたしは彼から受け取った本を手渡した。彼は中を開き、びっしりと文字が書き込まれていることを確認すると、頭を撫でてくれ、ぎゅっと抱きしめてくれた。

これが、本になるんだって。日本中の本屋さんに置いてもらえるかもしれないんだよ。いつも待ち合わせしていた時計台の向こう側にあった本屋さんにも。そういえば、あの湖のバス停前にも小さな本屋さんがあったよね。あそこにも、置いてもらえるのかな。言葉を発することはできなくても、思いはすべて伝わっているという確信がわたしの中にはあった。

　そして、それから半年後、自宅にできたばかりの本が十冊届けられた。

「初版、八千部ですよ！」

　編集者は何かとんでもないことが起きたように言ったが、わたしにはそれがどういう数字なのかよく解らなかった。新人賞受賞作でもない、何の看板も持たない新人のデビュー作にこれほどの数字がつくことは滅多にないらしい。

「嫌いな人の方が多いんじゃないですか？」

「確かに、社内でもこんなもの読むんじゃなかったという声を上げる人がいます。でも、途中で本を閉じた人は誰もいない。読まずにはいられない作品であることには、間違いないんです」

　それを受けての、八千部だったそうだ。

　それでも、発売日に近所の書店に行くと、『墓標』なる本はうちには置いていない、駅前の本店に二冊入荷しているはずなのでそちらに行ってくれ、と言われた。きっと、湖のバス停前の本屋にもないのだろう、と少しがっかりした。

　それが、ひと月後には、近所の書店の平台にも山積みされるようになったのだ。湖のバス停前の本屋にも、二人で訪れた町にある本屋にも『墓標』は並んでいるだろう。わたしや彼とどこかですれちがったかもしれない人たちが読んでくれているかもしれない。

彼を殺した女も、もしかすると――。


女優との対談ということで、出版社がプロのメイクを頼んでくれ、わたしの顔もそれなりのものに作り上げられた。

「もう慣れたけど、ホント、別人ですよね。ここまでとは言わないけど、普段も、もうちょっときれいにしてみたらいいのに」

五つ年下の編集者はわりとズケズケものを言う。確かに、打ち合わせのときはいつもトレーナーとジーンズだし、三十女のすっぴんというのも、見るに堪えないものがあるかもしれない。

しかし、彼が普段は化粧をしなくていい、と言ってくれたのだ。

「自分の彼女にも、そういうこと言うの？」

「いや、言いません。彼女はいつもきれいにしてるんで。よかったら、写真見ます？」

こちらが返事もしていないのに、編集者は携帯電話を開いて、待ち受け画面にしている彼女の写真を見せてくれた。

「かわいい。へえ、こういう子が好きなんだ」

「でも、かわいいからつき合ってるんじゃないですよ。彼女はこの仕事のことも含めて、僕のことをちゃんと理解してくれているんです。こうやって、休日に仕事が入っても、わたしと仕事とどっちが大切なの、なんて言い方、絶対にしないんです。そういうところが好きなんです」

「それは、どうも失礼しました」

予想以上の『墓標』のヒットに、編集者も休日返上で走り回っている。包容力のある彼女がいることはこちらもありがたい。ところで……。彼はわたしのどこを好きになってくれたのだろう。顔、ではないはずだ。八百円を返すと譲らない強情なところ、であるはずもない。

こんな重要なことを、どうして今まで考えずにいたのだろう。どうして、彼が生きているときに訊《き》かなかったのだろう。夢の中で会えるとしても、答えを知ることはできないのだ。

目の前で見る麻生雪美は恐ろしく美しかった。

わたしがメイクで顔を作ってもらおうが、すっぴんでいようが関係ない。なべやきうどんをふうふうしていた地方限定アイドルだって足元にも及ばない。生き物としての種類が違うのではないか。陶器のような肌というのは彼女の肌のようなことを指すのだろうし、顔もわたしの手の平くらいしかない。足だって、わたしの腕くらいで、少しつまずいただけで折れてしまいそうだ。

しかも、プロフィールによると、芸能界入りしたのは二十五歳と遅く、それまでは普通の会社のＯＬをしていたとある。こういう人が同じ職場にいると、男たちはドキドキして仕事など手に付かないのではないか。女なら……。いやがらせをして引きずり下ろしたところで、とうてい自分と同じレベルになるわけではなく、初めから手を出せないのではないか。相手を選んで攻撃する。卑怯《ひきょう》とはそういうことだ。

「年齢は、麻生さんの方が、紺野さんより三つ年上になるんですよ」

ライターの女性、スミダさんがわたしと麻生雪美のあいだに入り、にこやかに言った。どう答えろというのだ。そうですか、といったふうにぎこちない笑みを返すだけで精いっぱいだ。

「では、さっそく対談を始めさせていただきましょう。まずは、お二人に今日お持ちいただいたものを順番に見せていただき、それについてのお話を伺いたいと思います」

スミダさんに促され、まずはわたしの方から「自分の人生を変えた品」を出すことになった。

「わたしは万年筆を持ってきました」

深い青色――サファイア色の万年筆に銀色で、わたしの名前のローマ字表記と『墓標』の文字が刻まれている。『墓標』が十万部を突破した記念として、出版社から贈られた品であり、色は編集者がわたしの誕生月にちなんで選んでくれたことを、二人に伝えた。

「九月の誕生石、サファイアね」

麻生雪美が言った。

「そうです。『墓標』そのものが、人生を変えた品になるのかな、とも思ったのですが、本は読んでくださる人たちがいて初めて本になれるので、やはり、数字としての一つの区切りができたこちらの記念品の方にしようと思いました。この万年筆をもらった後、それまで勤めていた会社を辞めてこちらに出てきましたし、時を同じくして映画化も決まり、主人公を麻生さんに演じていただけることになったので、そういう面においても、人生を変えてくれた品になるのかな、と思います」

昨夜から用意していた答えだった。

「右手の指輪は？」

麻生雪美がわたしの右手に視線を落として言った。

「これは……」

「サファイアでしょ。人生を変えてくれなかった？」

「いいえ、人生そのものです」

潔く答えると、麻生雪美は満足そうに微笑《ほほえ》んだ。

「じゃあ、わたしも本命の方を出すわ」

わたしもスミダさんもぽかんとして麻生雪美を見ていたのだろう。麻生雪美はわたしの出方によって、無難に終わらせるか、本気でぶつかってみるかを決めることにしていたのだと打ち明けた。

「『墓標』を読んだとき、この人と話してみたいって思ったの。だけど、こっちが勝手なイメージを作っているだけかもしれないでしょ。万年筆のコメントにはちょっとがっかりしちゃったけど、指輪が人生そのものって答えたのは素敵だった。だって、わたしも指輪を持ってきたんだもの」

麻生雪美はそう言って、脇に置いていた紙袋の中から小さな箱を取り出して開け、テーブルの上に置いた。ゴールドの土台に、赤と紫の石が幾何学模様に配置されたデザインだ。

「いくらに見える？」

それほど高価そうには見えない。麻生雪美はスミダさんを見た。

「十万円くらいでしょうか」

様子を窺《うかが》いながら、かなり上乗せした金額を答えたはずだ。しかし、高価なものを持ってこいと言われたのではないのだから、気を遣う必要はないのではないか。値段とは関係なく、思い入れのある品なのだろう。麻生雪美がわたしを見た。

「一万円」

麻生雪美はわたしとスミダさんを交互に見て、プッと吹き出した。

「正解は五十九万円よ」

これが？　と出かけたのを飲み込んだ。スミダさんはただ驚いたような顔で指輪を眺めている。しかも、中途半端な金額……ふと、嫌な予感が込み上げた。

「だって、悪質商法もどきで買わされたんだもの」

麻生雪美はそう言って、指輪について語り始めた。

短大を卒業して、OLになって三年目だったかな。休日に一人で映画に行った帰りに、駅で男の子に声をかけられたの。

アクセサリーに関するアンケートに答えてもらえませんか？　って。

何でわたしなんかにって思った。その頃のわたしはオシャレとは無縁の生活を送っていたのに。周りを見ると、流行《はや》りの服を着た華やかな人たちがたくさん歩いてた。そうしたら、声をかけてきた男の子が言ったの。

「ブレスレットがすごく似合ってるから、ぜひ、そういうのを選ぶときのポイントを教えてほしいなと思って」

初ボーナスで買った、わたしが持ってる唯一のアクセサリーだった。自分に何かご褒美を買おうと思ってデパートに行ったのに、何を買っていいのか解らなくて、店員に何種類も出してもらって、二時間がかりで選んだのに、家に帰ると、本当にこれが欲しかったのかな、って後悔してみたり。

会社にしていっても、誰も褒めてくれるどころか、気付いてもくれなくて。だから、嬉しかったたっていうのもあるのかな。お茶も奢《おご》ってくれるって言うし、あそこでって言われたお店も普通の喫茶店だったから安心してついていったの。

それにね、声をかけてきた男の子がいい人そうだったのよ。悪質商法に関わっているなんてこれっぽっちも感じさせない、誠実そうな人。

もしや、と鼓動が高まった。麻生雪美に声をかけたのは——。

アンケートは枚数は多いけど、ありがちな質問ばかりだった。年齢とか、趣味とか、職業とか、星座とか、血液型とか。それが少しずつ、自動車の免許を取るときにやるような性格診断になっていったの。怒りっぽいとか、自分をよく見せたいとか、他人の行動が気になるとか。それから、アクセサリーについての質問になって、だんだん指輪に限定されていくの。自分で買ったことがあるかとか、既製品に満足しているかとか。オーダーメイドに興味はあるかとか。わたしは「はい」に丸をつけた。そうしたら、男の子に、例えばどんなのがいい？　って訊かれて。こっちも考えるじゃない。でも、上手《うま》く答えられないの。そういう自分がイヤだった。思いはあるのに、形が見えないの。今の自分は本当の自分じゃないような気がする。じゃあ、どんなのが本当なんだ？　って考えると解んないのよ。でもね、彼は「解る」って頷《うなず》いてくれた。

「他人のものなら、誕生日プレゼントとか割と簡単に選べるのに、自分のものって意外と難しいよね。きっと、自分で自分のことを解ってるようで、解ってないんだろうな。何かしたいけど、何がいいのか解らない。映画を見たいけど、どれを見ようか悩んでしまう。これだ、と思って見て、結構楽しめたのに、外に出て別の作品のポスターを見ると、もしかしてこっちの方がおもしろかったんじゃないかとか……」

彼の言う通りだった。ついさっき映画館を出たときに同じことを感じたのだ、と彼に伝えた。しばらく映画の話をして、指輪のことに戻った。

彼の会社ではオーダーメイドの指輪を作っているって言うの。アンケートをもとに心理カウンセラーが分析して、その人本来の美しさを導き出した結果をもとに、世界的なデザイナーがデザインをして、職人が丹精込めて作る。世界にたった一つだけの指輪だって。

だから、五十九万円もするわけだけど、ローンも組めて、一日に換算すると五百円。このコーヒー代と同じ値段だって。商品が届いてからの解約はできないとか、やっかいな注意事項もあったけど、わたしは迷わずに契約書にサインをした。

本当の自分の姿を知るために――。

「それで、効果はあったんですか？」

スミダさんはまるで自分が勧誘されているかのように、真剣な表情で身を乗り出して訊ねた。

「今のわたしになれたわ」麻生雪美が澄まして答える。

「すばらしい！　すばらしいです、この指輪」

手を叩《たた》くスミダさんを見て、麻生雪美はあきれたように息をついた。

「そんなわけないでしょう。あなたがこんなふうに指輪を勧められて、五十九万円のローンを組んで、二ヶ月後にこれが届いたら、どう思う？　冷静に考えてみて。これがあなた本来の美しさです、って言われてるのよ」

スミダさんはもう一度指輪をじっくりと眺めた。

「とても失礼かもしれませんが、ちょっと残念ですね」

「でしょう？　わたしってこんな女なのか、って泣きたくなったわよ」

「悔しかったんじゃないですか？」

「当たり前よ。勧誘した男を殺してやりたいって思った」

息が止まりそうになった。

「それはちょっと過激すぎじゃあ……」スミダさんが引き気味に言う。

「そうね。でも、本当に楽しみにしていたのよ。どんな指輪が届くんだろうって。そして、期待していたの。どんな自分になれるんだろうって」

心をえぐられるようだった。麻生雪美はわたしが思い描いていた指輪を買った女たちとはまるで違う。妬《ねた》みなどどこにもない。努力しないで世の中を恨んでいるわけでもない。

「でもね、一番悔しかったのは、この指輪がそのときのわたしによく似合っていたってこと」

そう言って、麻生雪美は右手の薬指に指輪を嵌めた。まったく似合っていない。

「その思いをどう克服されたんですか？」スミダさんが訊ねた。

「なりたい自分は解らなかったけど、なりたくない自分は解ったの。だから、その反対を目指してやればいいんだって。この指輪が似合わない女になってやろうと決めたのよ」

そう言い放った麻生雪美は、第一印象よりもさらに輝いて見えた。

「紺野さん、大丈夫ですか？」

スミダさんが心配そうにわたしを見ている。どうやらわたしは泣いていたようだ。

麻生雪美の強さがもたらした結果なのだろうが、少数派とはいえ、指輪を買って幸せになった女がいる。彼から指輪を買った女もそうであったらいい。

麻生雪美に指輪を勧めたのが彼だったらいいのに――。


予定時間をかなりオーバーしていたようで、もう一つ持ってきている「これだけは手放せない品」を簡単に説明して終わることになった。

わたしは脇に置いているカバンをテーブルの上に置いた。彼の誕生日にオーダーメイドで作ってもらったものだ。

「これも、オーダーメイドなんです。わたしのじゃないので似合わないかもしれないんですけど、使い勝手がよくて、もう十年間も借りたままでいるんです」

「センスいいし、紺野さんに似合ってると思うけど、これ、男性用よね。こんないいものをずっと貸してくれてるなんて、心の広い優しい彼がいてうらやましい。その指輪をくれた人なんでしょう？」

麻生雪美の言葉に、わたしはただ頷くことしかできなかった。だが、多分、そんなに悲しそうな顔はしていないはずだ。

「わたしの手放せないものはこれ。偶然にも、十年つながりよ」

麻生雪美がテーブルに置いたのは、ポストカードの束だった。一番上の風景は、どこか外国の山だろうか。

「山に登ったときだけ、ポストカードを送ってくれる人がいるの。それで、この人が生きてるのを知ることができる」

「どんなことが書いてあるか、一枚だけ見せていただいてもいいですか？」

スミダさんが遠慮がちに言った。わたしも見てみたいと思っていたので有難い。

「いいわよ。何枚でも。愛のメッセージが書かれてるわけじゃないから」

麻生雪美はそう言って、一番上のポストカードをひっくり返した。

【暁の空に輝くガーネットを見つけた。手が届かないその星を、僕はいつまでも眺めていた。T】

見覚えのある整った文字だった。差出人の名前は書いていない。「T」とあるだけだが、これは……タナカじゃないだろうか。

「男性、ですよね」スミダさんが訊ねた。

「そうよ。いつわたしのことを書いてくれるんだろうって、十年間ずっと待ってるのに、景色のことしか書いてくれないの」

「ラブレターじゃないですか」

ポツリと言葉が出てしまう。麻生雪美とスミダさんがわたしを見た。

「麻生さんのその指輪、ガーネットとアメジストですよね。アンケートにみずがめ座って答えたからだと思うんですけど、誕生日は一月じゃないですか？」

「そうよ」麻生雪美が答えた。

「解った！　だからガーネットなんだ。普通だったらルビーって書きますもんね。わたしもラブレターだと思います」

スミダさんは目を輝かせながら言った。

「そんなに単純だったらいいんだけど」

麻生雪美はそう言って、少し寂しそうに笑った。麻生雪美はタナカが好きなのだ。そして、タナカも。なのに、タナカが麻生雪美と距離をとったままでいるのは、彼をアルバイトに誘ったことを、今でも後悔しているからではないだろうか。

「では、これで終わりにさせていただきます。最後に、言い忘れたことなどはありませんか？」

時計を確認して、スミダさんが言った。

「ううん。ものすごく楽しかったわ」麻生雪美が答えた。

「紺野さんは？」スミダさんがわたしに訊ねる。

「あの……」

わたしは麻生雪美に向きなおった。

「このポストカードの送り主と幸せになってください。紺野真美《まみ》がそう願っていると……」

タナカに伝えてください。

「ありがとう」

麻生雪美は優しく微笑んでくれ、そのまま二人で写真撮影した。わたしの万年筆とカバン、麻生雪美の指輪とポストカードの束も撮影され、解散となった。

ひと月後に送られてきた掲載誌を、夢の中で彼に渡した。笑ってくれたが、いつもより彼の表情がよく見えなかったのは、夢の中の世界が、まるっきりの暗闇ではなかったからだろうか。

出版社経由で手紙を受け取った。

心温まるファンレターばかりが届くわけではないので、いつもは編集者が開封し、内容を確認してから送ってくれるのだが、今回の手紙は封を切られていない。コスモス模様の封筒から悪意は感じ取れないが、送り主の住所や名前はなく、ただ「ファンより」と書かれていることが開封をためらわせる。

編集者に電話をかけた。

「すみません。なんとなくなんですけど、これは開けない方がいいかもって思っちゃったんですよね。僕、わりとそういう直感には従うことにしているんですけど、やっぱり、確認しましょうか？」

「いや、開けてみる。それに、変なことが書かれていても、気にしないから」

そう言って電話を切った。迷いは消えていた。『墓標』は編集者の直感でここまで来たのだから。手紙を開封した。

前略　紺野マミ先生

突然のお手紙、お許しください。「クロエ」の今月号で先生と麻生雪美さんの対談を読み、どうしてもペンをとらずにはいられませんでした。

まず驚いたのは、麻生さんの指輪のエピソードでした。実は十年前にわたしも同様の手口で指輪を買ってしまったことがあるのです。ジェシカカンパニーという会社名こそ記事に出ていませんでしたが、駅での声のかけ方や、喫茶店、アンケートの内容、そして、オーダーメイドリングについての説明などはまったく同じです。

おまけに、指輪も石の色が違うだけで、形はまったく一緒だったので、絶対にそうだと確信しています。

アンケートに答える前の気持ちも、麻生さんととても似ていました。ただし、もともときれいなのにオシャレをしていなかっただけの麻生さんに対し、わたしの場合は素材も格好も惨憺《さんたん》たるものだったので、似ているっていうのは失礼なのかもしれません。だけど、今の自分から抜け出したい、という思いを抱いていたのは確かです。

割と人見知りをするタイプだったのですが、声をかけてくれた人はとても優しそうに見えたので、アンケートに応じることにしました。

アンケートに答えるうちに、これは勧誘だということにすぐに気付きました。どうりでわたしみたいな女が声をかけられるはずだと、腹が立ち、指輪一つで変われるはずがないじゃないかと、アンケートの人に文句を言いました。

すると、その人は、知り合いの話なんだけど、と前置きをして、口紅一本で見違えるほどきれいになった女の話をし始めたのです。

すっぴんでジーパンとTシャツばかり着ている女に、彼女の恋人は自分が一番似合うと思う色の口紅をプレゼントした。彼女は口紅を塗るために化粧をした。化粧をした顔に合うよう、ヘアスタイルを変えた。新しいスカートと靴を買った。バッグも替えた。その姿でデートの待ち合わせ場所にやってきた彼女は見違えるように美しく、恋人は、自分はなんて幸せなんだろうと感激した――と。

くだらないって思いました。結局、その女はもともときれいだったんじゃないかって。知り合いの話なんて言いながら、どうせこの人の彼女のことなんだろうって、さらにムカつきました。顔で女を選ぶ男なんて最低だ、って言ってやりました。うわべだけ着飾って男の機嫌をとる女も最低だ、とも言ってやりました。

彼女のことを悪く言われたのが気に入らなかったのか、その人は、自分が彼女を好きになったのに外見は関係ない、とはっきり言い切ったのです。ならばどういうところだ、と訊き返しました。その人はこんなふうに言いました。

彼女を通して見える世界が好きなのだ。同じ景色を見ているのに、彼女の語るその景色には自分には見えない色があり、匂《にお》いがあり、空気がある。それは自分一人では気付くことができないけれど、彼女を通して見えたとき、ずっと自分が探していた世界のように感じることができる。だから、一緒にいたいのだ。

視力の悪い人にとってのメガネのような存在なのか、と訊ねました。そんな気もするけどちょっと違う、と言われました。

自分の目に映る世界にまだ向こう側があることを教えてくれる、映画監督や作家のような存在かな、と。

世界の向こう側……。わたしの目にはくだらないと思えるこの世界も、何かを通せば変わって見えるのだろうか。それは人なのか、モノなのか。モノならば、指輪ということもあるんじゃないか。

わたしは契約書にサインをしました。

二ヶ月後に届いた指輪を見て、麻生さんとは違い、わたしは指輪そのものに五十九万円の価値を見出《みいだ》そうとはしませんでした。この指輪を嵌めているときは、世界はいつもと違って見えるのだ。半ば自己暗示をかける思いで、指輪を、フィルターであったり、カメラであったりする存在として受け止めていたのです。

会社の先輩からお説教をされるときも、いつもは厭味《いやみ》ったらしい表情が嫌でたまらないのに、爪のかたちがきれいなことに気付いたり、和食ばかりを作る母の料理にうんざりしていたのに、煮物のにんじんがいつも花形であり、誰にも感謝されないのにひと手間かけてくれていたんだなと嬉しくなったり、些細《ささい》なことだけど、世界は少しずつ変わって見えるようになってきたのです。

そうやって、指輪を通して気付いたことは、わたし自身にも反映されるようになり、小さなことでもお礼を言えるようになったり、会社の机の上にかわいい小物を置いてみたり、花屋の店先でみつけたブーケを買って帰り、食卓に飾ったりできるようになったのです。

そういうところを見てくれている人はいるもので、美人に変身したわけではないのに、わたしを大切にしてくれる人と出会うことができました。

あのときの指輪はわたしにとっても「自分の人生を変えた品」であり、今でも大切にとってあります。

――とここまで書いて、先生は、なぜこの人は麻生さんにではなくわたしに手紙を送ってきたのだろう、と思われているかもしれません。

麻生さんの指輪のエピソードには驚きましたが、わたしにはさらに驚いたことがあるのです。

先生の「これだけは手放せない品」として載っていたカバンの写真です。記事の中で先生がおっしゃっていたようにオーダーメイドだということは承知していますが、わたしはそのカバンに見覚えがあるのです。

指輪の勧誘の人が持っていたのと同じものではないか、と。

オーダーメイドとはいえ、完成品がいきなり届くのは一発勝負のくじみたいなものだ。はずれを引いたときのショックを思うと、やはり少し抵抗がある。

契約書にすでに記入を終えたのに、わたしは勧誘の人にそんなことを言いました。するとその人は脇に置いていた自分のカバンをテーブルに乗せて、実はこれもオーダーメイドなのだと教えてくれました。

自分だけではなく、注文してくれた彼女ですらどんな品が届くか解らなかったけど、箱を開けるとこれが入っていて、こういうのが欲しかったんだ、と感動したのだ、と。それを聞くと、人生で一度くらいはそういう経験を味わってみてもいいかな、と思いました。結果は微妙でしたが。

その人のカバンを先生がお持ちだということは、その人が向こう側の世界を見せてくれる存在と言っていたのは、もしや先生のことではないかと思い、遅ればせながら『墓標』を読ませていただきました。結婚後、初めて読んだ本かもしれません。

怖かった。でも、手を止めることができずに、ひと晩で読み切りました。読み終えたあとは、砂を飲み込んだような息苦しく、何とも言えず気持ち悪い感覚になりました。物語の中にわたしがいたからです。うまくいかない自分の人生をすべて世の中のせいにして、他人を妬み、恨む、昔のわたしが確実にいました。

だけど、その砂を洗い流すような穏やかな気持ちも込み上げてきたのです。変わることができてよかった。暗闇から抜け出すことができてよかった。日が昇り、いつもと同じ朝が始まったというのに、目に映る景色はいつもと違って見えました。夫と子どもと食卓を囲むことがたまらなく幸せに思え、早くしなさいよ、と会社や小学校に送り出すバタバタとした慌ただしささえも愛《いと》おしく感じました。

ああ、これが、紺野マミという作家を通して見える世界なのだ。

十年前の言葉の意味をようやく理解できたような気がします。先生に作家になることを勧められたのは、カバンの持ち主さんですか？

もしかすると、指輪の勧誘をしていたことを先生はご存じなかったのに、わたしがバラしてしまったことになるのかもしれません。麻生さんの指輪の話のあいだに、先生が自分もそのことは知っている的なコメントがなかったので、この手紙を読みながら、とても驚かれているかもしれません。

もしくは、わたしのとんだ勘違いで、カバンは偶然似ていただけで、カバンの持ち主さんは指輪のことになんか関わったこともなく、不愉快な思いをさせてしまうことになるかもしれません。その際には、頭のおかしいファンからの手紙だと笑いとばしてください。

ただ、わたしがこの手紙を書いたのは、わたしが変わるきっかけを与えてくれた人と、世界の向こう側を見せてくれた先生に、お礼を言わせていただきたかったからです。

本当にありがとうございました。

これからもお体に気をつけてがんばってください。

次回作、『墓標』の映画化、ともに楽しみにしています。

対談の最後にあった「幸せになってください――紺野マミからのお願いです」というメッセージ（ちょっと笑ってしまいました）、麻生雪美さんにだけでなく、わたしを含めるすべての読者に言ってくれてるのだと、思っていいですよね？

それでは、失礼いたします。

ようやく出会うことができた——。

その夜、夢の中に彼が出てきてくれた。わたしの手には手紙があると思っていたのに、どういうわけか両手でカバンを抱えていた。それを彼に手渡すと、彼はこれからどこかへ出かけるかのように肩からかけた。光の溢《あふ》れる世界で彼の姿は、ぼんやり霞《かす》んでしか見えないが、やはり、これは彼に似合うと改めて感じた。

彼はわたしの頭を撫で、強く抱きしめたあと、もう一度頭を撫でて、にっこり微笑み——消えていった。

多分、もう、夢の中で彼に会うことはないのだろう。けれど、新しく書いた本をカバンの中に入れておけば、彼に読んでもらえるに違いない。

かしこ
ファンより

解説

児玉憲宗

湊かなえさんの小説はおもしろいが、後味が悪いという声を聞くことがある。

このせちがらい世の中、ストレスが溜まることの多い日常から、少しだけ離れ、小説の世界に浸ることで、幸せな気持ちになって、元気を取り戻したい、感動を得て、また明日から頑張ろうという気持ちになりたいと言うのだ。

そんな人に会うと、すぐさま体育館の裏に呼び出し説教したくなる。

確かに、最近の小説には、清々《すがすが》しい結末、感動的な結末が待ち構えている作品が少なくない。

しかし、よく考えてほしい。人間は喜怒哀楽、さらには、この四文字では表せない複雑な感情を抱く生きものだ。にもかかわらず、苦しい部分、つらい部分を避け、醜い部分をオブラートに包んでしまったお行儀の良すぎる小説など、なんの意味を持つというのか。イミテーションの宝石の輝きに魅せられているようなものではないか。

湊かなえさんは、文字だけでは言い表せない人の感情を、物語を通じて表現する作家であり、心の奥底に潜んだ闇の存在を我々に気づかせてくれるのである。

湊かなえさんは一人称の作家である。一人称の見る目は主観的であり、真実の目とは限らない。湊さんは、章によって、一人称の目を換えることがある。同じものも、見る人が換わると、語る人が換わると、違うものに見えてくる。言い方を換えれば、真実が見えてくるのである。

そういえば、私の読書ノートには、『Nのために』を読んだ感想として、「登場人物が乗り移ったかのように、著者はそれぞれの視線で語る。このスタイルこそ、湊スタンダード。まるで一人芝居。まさしく、小説界のイッセー尾形」と書いてある。湊かなえさんは、しばしば手法として、視点を換え、語り口を換え、文字では表せない「真実」を浮き彫りにしている。

さて、七つの物語を収めた短編集『サファイア』の話をしよう。それぞれの短編には、宝石の名がタイトルとして冠されている。作中にはその宝石が登場し、そして物語の中で重要な役割を担っている。

【真珠】

たぬき顔の女性と若い男の会話が、物語の柱である。ユニークなのは、二人の関係が伏せられている点だ。二人の関係がわからないまま読み進む。そしてそれは終盤になって明らかになる。もう一つユニークなところは、この物語が男性の一人称で語られていながら、主人公は女性の方であるということ。男性の視点が、主人公の本性を浮き彫りにする。二人の関係、主人公の本性が次第に明らかにされる。そのドキドキ感こそ本作の醍醐《だいご》味《み》なのである。

【ルビー】

瀬戸内海の小島で暮らす家族が描かれている。広島県・因島《いんのしま》で生まれ育ち、現在、兵庫県・淡路島で暮らす湊かなえさんは、『望郷』をはじめ、いくつかの作品で、瀬戸内海の島や、そこで暮らす人々を描いている。島で暮らす人がもつ「本土」への憧れや劣等感、対抗心、あるいは意地や誇りのようなもの。なかなか適当な言葉が浮かばないが、かくいう私も広島県・向島《むかいしま》（湊さんの故郷である因島の隣の島である）の出身なので、そのあたりの微妙な心情がよく理解できる。何度も言うようだが、言葉で表せない感情を、物語を通じて表現する。これこそ湊かなえさんの真骨頂である。湊さんが瀬戸内海の島の人を描くとき、本領を発揮されるひとつである。

【ダイヤモンド】

湊かなえさんにしては珍しい男性の一人称で書いた作品だ。この作品で描かれているのは、もちろん、女性の狡猾《こうかつ》さ、残酷さである。翻弄《ほんろう》される男性を描くことで女性の本性を描いたのだ。昔ばなし「鶴の恩がえし」を彷彿《ほうふつ》させるようなファンタジー小説風に仕上げているところがまた巧妙で、女性の献身を描きつつ、対比することで底意地の悪さを際立たせている。

【猫目石】

描かれているのは、とても仲の良い家族だ。隠し事のない円満家族。誰が見てもそう見えたし、夫の靖文、妻の真由子、中学校に通う娘の果穂もそう感じていたはずだ。ところが、この家族が、ふとしたきっかけでマンションの隣室に住む坂口さんと話をするようになったことで、いろいろな真実が明らかになっていく。物語は三人の家族によってかわるがわる一人称で語られ、やがてお互いを疑い、自分の秘密が暴かれることを恐れるようになる。

【ムーンストーン】

幸せな結婚をしたと思っていたが、あるきっかけで不幸のどん底に落ちてしまった〝わたし〟。やがて彼女の前に現れたのは、中学時代の友人だった。中学時代のエピソードと、現在の出来事は、ともにドラマチックで、やがて見事に交錯する。

【サファイア】

幼い頃から人に「ねだる」ことをしたことがない。それゆえに、時には場を凍らせたこともある。気がつけば華やかな集団から離れていった。そんな大学生の〝わたし〟が一人旅をし、中瀬修一と出会う。気が合った二人は旅から帰った後も会うようになり、彼女ははじめて心を開き、やがて、はじめて「指輪が欲しい」とねだる。と、ここまでは不器用な二人の純愛物語だが、ねだった指輪が原因で思わぬ展開に突入する。指輪は悔やんでも悔やみきれない罪悪感を呼び、恨みを呼ぶ。

【ガーネット】

湊かなえさんと何度かお会いし、お話をさせていただいたことがあるが、時折見せる小説世界の陰湿さから想像できない、明るく誠実で謙虚で礼儀正しく、気くばりのこまやかななんとも可愛い女性である。作品と本人があまりにもかけ離れている。どうやって、物語を生み出し、創っていくのだろうか。想像の範疇《はんちゅう》を超えている。

それゆえに【ガーネット】では、冒頭から湊さんと重なるような女性作家が登場したのには驚いた。【ガーネット】は、【サファイア】から続く話になっている。恨みと罪悪感はさらに膨らみ、そして驚くべき結末へと向かっていく。


湊かなえさんの長編小説も良いが、さまざまな愉《たの》しみ、驚きを味わえる短編集も良い。繰り出されるあの手この手によって、驚きの連続を堪能することになる。

この短編集においても、湊さんは見事に、人間の恨み、罪悪感、残酷さなどの深い闇を描き切っている。しかし、【ムーンストーン】や【ガーネット】のように、結末に、その奥の希望の灯が見える作品もある。

読んでいて嫌な気持ちになる「イヤミス」を湊かなえさんの代名詞のように使うのは、大きな間違いである。そのような枠に収まる作家ではない。湊さんはすでに多くの作品を世に出しているが、驚くべきはその引き出しの多さだ。〝湊かなえらしさ〟を持ちつつ、毎回、手を替え、品を替え、新しい手法や切り口で私たちを楽しませてくれる。

そして、本書『サファイア』こそ、それを実感させてくれる作品なのである。

いくら書いても湊かなえさんの作品の素晴らしさは語り尽くせない。もっともっと書きたいけれども、私には時間がない。そろそろ体育館の裏に行かなければならないのだ。
（こだま・けんそう／書店員）

本書はフィクションであり、登場する人物名、団体名など
架空のものであり、現実のものとは関係ありません。

二〇一二年四月に小社より単行本として刊行されました。

Haruki Bunko
ハルキ文庫

み 10-2

サファイア 新装版

著者 湊《みなと》 かなえ

2015年 5月18日 第一刷発行
2022年 8月18日 新装版第一刷発行

発行者 角川春樹

発行所 株式会社角川春樹事務所
〒102-0074 東京都千代田区九段南2-1-30 イタリア文化会館

電話 03(3263)5247(編集)
03(3263)5881(営業)

印刷・製本 中央精版印刷株式会社

フォーマット・デザイン 芦澤泰偉
表紙イラストレーション 門坂 流

ISBN978-4-7584-4507-8 C0193 ©2022 Minato Kanae Printed in Japan
http://www.kadokawaharuki.co.jp/[営業]
fanmail@kadokawaharuki.co.jp[編集]　ご意見・ご感想をお寄せください。